Unes ganes salvatges de cridar

«Unes ganes salvatges de cridar»

és l'obra guanyadora del Premi Mercè Rodoreda 2022,
que convoca Òmnium Cultural.

ÒMNIUM
LLENGUA CULTURA PAÍS

MARC VINTRÓ CASTELLS

UNES GANES SALVATGES DE CRIDAR

PREMI MERCÈ RODOREDA 2022

Proa

Unes ganes salvatges de cridar ha obtingut el 25è Premi Mercè Rodoreda de contes (2022), atorgat per un jurat format per Joana Masó, Jordi Mir, Guillem Miralles, Marina Porras i Clàudia Rius.

Proa
A Tot Vent

Primera edició: febrer del 2023

Drets exclusius d'aquesta edició:
Raval Edicions, SLU, Proa
Diagonal, 662-664
08034 Barcelona
www.proa.cat

ISBN: 978-84-7588-996-2
DIPÒSIT LEGAL: B. 1.406-2023
Composició: La letra, S.L.

Certificat PEFC
Aquest llibre procedeix de boscos gestionats de forma sostenible i fonts controlades
PEFC/14-38-00305
www.pefc.es

Taula

Mireu tot el que tinc 9
Com Jesús o aquells insectes
que reneixen diferents 25
Es despullen per sentir les agulles
dels pins 53
1986 89
Cua de llangardaix 113
A l'esquerra de la torre elèctrica 133
La meva Gioconda i altres
mecanismes de repetició 147
Fins que trenqueu la closca
de la cosa 175
Deu mil converses 195

Agraïments 215

Per a la Carla

Mireu tot el que tinc

M'incorporo amb un sobresalt. Despertar-se, cony, despertar-se. Com un vampir dels d'abans; abdominals de ferro i ulls injectats en sang. I amb la mateixa gana.

Em venen arcades i trec el cap fora del llit. Si vomito que sigui a terra, que prou bronca em fotrà la mare quan descobreixi com he tornat a deixar el lavabo. Però no trec res. Només una mica de bava. S'estira com una lleterada i cau a terra, dels llavis a la moqueta, sobre els morrets de guineu de les sabatilles d'estar per casa. Una mica de vida que se'n va per la boca. Somric. L'eufòria em crema a les venes i per tot el cos, dins el cap també. Justament les venes... Millor que la coca. Que cap promesa. M'agafo els canells i me'ls examino tocant-me'ls amb els dits: immaculats. Aquesta vegada he tingut la bona idea de fer-ho despullada i no hauré de llençar la roba. El despertador marca les nou; és aviat, tinc temps. Busco el mòbil entre els llençols i el trobo enterrat sota unes revistes. Mentre marco el número de la Vet em planto davant de la còmoda i començo a buidar el primer calaix.

A mesura que la vaig llançant a terra, la robeta —la Vet en diu «robeta», de les calces i els sostenidors— s'acumula al peu del moble. Sabré què busco quan ho tingui a la mà, com sempre.

El telèfon fa els cinc tons de rigor i salta el contestador. La veu de burra que posa la Vet quan es fa la seriosa: «O soc a classe, o dormo o estic comprant. Si creus que tens alguna cosa important a dir, deixa un missatge». Merda, encara dorm.

—Júlia trucant a la Svetlana! Respon, collons! —li xisclo a l'aparell, i el deixo caure sobre el llit. No suporto aquesta mania seva que té de deixar missatges gravats, com si fos una mama.

Segueixo buscant: calces negres de blonda, no; calces blaves H&M amb llacet, no; brasier rosa amb cremallera, ni pensar-hi!; sostenidors triangulars Oysho amb farcit, mmm, potser...

Ho remeno tot, records i robeta. Descentrada, fora de mi com si portés una càrrega d'explosiu plàstic lligada a la cintura, model terrorista islamista. Coses del Despertar. També sento les papallones d'abans de sortir: les meves papallonetes de Peta Zetas. Tremolo només de pensar en el dia que tenim davant: no parar fins que cremem la targeta i caiguem de cul a terra amb mil bosses als braços. Ho vam decidir ahir, després de veure la pel·li que va proposar l'Isaac i quan ja ens començàvem a avorrir. Quina merda de pel·li, per cert. Bé, potser no tant, però jo li vaig etzibar que ho era, i de forma convincent, com ha de ser.

—Merdosa com una cagada en plena regla!

El que he dit: convincent.

—Dones sense gust ni cultura, això és el que sou. —És l'Isaac.

—Ei, que jo penso que no està malament —salta la Vet.

—No està malament? Només això? No sé per què m'esforço.

—Pobre mascle que intenta instruir nenes burres. —I llavors, imitant una frase de la mateixa pel·li, afegeixo—: «Mireu el que tinc! Mireu tot el que tinc!».

—Doncs mira el que tinc jo, Júlia. —I m'ensenya el dit cor, ben amunt com una titola.

Després d'això deu minuts d'un Isaac tancat en banda, encongit com una vella emprenyada. Ni una paraula. Ni una mirada. L'Isaac és així: té l'ego d'un Napoleó i no para de fer bromes, però que es burlin d'ell, sobretot si li foten el dit a la nafra... Doncs això, ego napoleònic.

Al final la Vet s'hi va asseure al costat i el va calmar. El va fer inclinar-se sobre la seva falda. A l'Isaac li agrada que «li busquin les puces» —aquesta expressió és meva, un hit—. És una cosa que vaig veure en un documental que ens van passar a biologia: l'afició dels primats per treure's les puces mútuament. Reforça el lligam, explicava una veu d'escrot pansit. Furgar amb els ditets entre els cabells, amb precisió de cirurgià, i les dues mones que es queden extasiades com dos capellans fent-se una palla. Molt zen tot plegat. Devoció religiosa. Una mona concentrada a remenar i l'altra a rebre. L'Isaac és dels que li agrada rebre; i la Vet... Bé, la Svetlana és rara: consumeix els moments com si un metge li hagués dit que ja està mig senil. Ja sabeu: de les que ho toquen tot, parlen poc i fan cara de no haver follat en un any.

I encara no sé què posar-me avui! De debò. Sostinc uns Serendipity amb els tirants creuats a l'esquena, no estan malament. I l'escena d'aquell coi de pel·li que encara no em trec del cap. *Mireu el que tinc! Mireu tot el que tinc!*

Sempre visc així, amb la *i* pertot arreu: i això, i allò, i ara per què no truca aquesta nena?

—Júlia trucant a la Svetlana! Respon, collons! —I al cap d'uns segons, la veu neutra de la màquina—: No té més missatges. Si vol...

La Júlia pot ser irritant quan vol. Deixo caure el mòbil. Pes mort. M'estiro per treure'm la mandra. De cap a peus. Els dits tiben els llençols formant una mena de serralada blanca i de crestes suaus; a sota, el matalàs i l'esquena nua, amb la caloreta acumulada i una olor que és només meva.

Ni l'ensurt del Despertar fa que tingui ganes d'aixecar-me. Del sostre penja la corda. M'agrada el nus. I el que em va costar aprendre a fer-lo! Ja és ben hipòcrita tot plegat. Vaig haver d'empassar-me dotzenes de pàgines per fer braçalets i mil parides d'escalada, mariners i excursionistes —que es veu que el que tenen en comú és fotre nusos per tot—, fins que vaig trobar un lloc on ho explicaven més o menys bé. Resulta que al final el secret no era buscar «nus escorredor», sinó «nus del penjat».

Fes una forma de *s* amb la corda.

Passa un dels caps a través d'una anseta.

Deixa suficient corda per fer la baga.

Dona tantes voltes com vulguis.

Passa la corda a través de l'altra baga.

Com un d'aquells poemes orientals que se suposa que t'han d'ensenyar sense ensenyar. Igualet. Si no arriba a ser per les imatges encara m'hi estaria barallant.

El coll no em fa mal. Respiro profundament. Tres cops. L'aire, quan em passa per la gola, fa un sorollet aspirat que crec que tan sols se sent al matí, quan ets al llit i els cotxes i els ocells semblem igual de quiets i pacífics. A la nit és més un so de pou. I durant el dia respirar és gratis, sense sons de cap mena, a menys que fotis una correguda o pugis set pisos, que llavors t'ofegues. Són les nou i deu. Compto que la Júlia em tornarà a trucar d'aquí... Però hi ha temps: la seva mare ho fa amb píndoles, ens ho va dir ella, i això sempre la deixa ben zombie fins a mig matí. No cal que ens afanyem.

Sospiro. Badallo.

Quan era petita la meva àvia m'explicava que quan anava a dormir pensava què faria l'endemà, com fer la llista de la compra però amb tu mateix fent coses. Jo no ho faig mai, això, no dormiria pas, però ho penso ara, abans d'aixecar-me. M'ajuda a alçar-me quan ja no puc més. U, buscar les sabatilles sota el llit. Dos, els mitjons gruixuts. Tres, pixar. Després directa a la dutxa. Quatre, omplir el bol de la gata i netejar-li la sorra. Cinc, crec que queden torrades i algun croissant. Un cafè. Un altre cafè. He perdut el compte. Tant se val, ara toca la roba de la cadira i airejar l'habitació. I quan respongui a la Júlia: No, no crec que vingui l'Isaac. Que no, que la teva mare dormirà fins tard i no s'assabentarà de res. I sí, em compraré la roba que em diguis, ho vaig prometre. No cal que m'ho recordis mil cops.

Ahir, després de veure la pel·li de l'Isaac, li va agafar aquesta dèria:

—Nena, vesteixes com una monja.

—Júlia, calla una estona.

—Demà anem de compres i t'escullo la roba.

—No sé jo...

—M'ho has promès.

—Fareu campana? —interromp l'Isaac. Fins ara fotia el posat de pensador amargat que li queda quan contempla els crèdits d'una pel·li. Ell ho fa, això, de mirar els crèdits fins al final.

—Sí —responc.

La Júlia s'aixeca del sofà i encreua les cames a terra. Llavors:

—Ma mare ha deixat els calmants a la tauleta. Així que, si ella ho fa, nosaltres també.

—Espero que no ens la trobem, que em moro.

—Vet, si mai acabo comprant a les mateixes botigues que ma mare, no deixis que em talli les venes mai més!

Ric.

—Promet-m'ho! —insisteix.

—Crec que et faig massa promeses.

L'Isaac es passeja al voltant nostre. Me'l conec i sé que ens vol acompanyar. A mi ja m'está bé, que també em van les botigues de còmics i coses de cine.

—M'agrada, la samarreta, t'ho havia dit?

L'he estirat per la vora dels pantalons i el retinc davant meu, a menys d'un pam. Ell es deixa arrossegar. És una samarreta de cotó de màniga curta, sense més ni més. La frego amb els dits: el gest dels diners que fan als anuncis. Té les vores desfilades i un parell de forats de xines de porro. L'Isaac sempre vesteix samarretes «amb història», que diu ell. No és la primera vegada que l'hi veig, aquesta. Té un tacte càlid, el del seu cos transmès a la tela. Tacte de sofà vell, roba usada i presència de tio. És de color negre, amb un escorpí porpra que ocupa gairebé tota la part frontal. Crec que em va explicar que també era d'una pel·li, però no recordo quina. Tampoc no recordo la història de les xines.

—Què us ha semblat la pel·lícula? —ens pregunta tot d'una. Passa de mi—. Hi ha escenes genials, la del piano, o quan ell...

La Júlia l'interromp de seguida:

—Isaac, és horrible. Merdosa com...

La Júlia és de les que riuen de les seves pròpies bromes, tot i que no facin cap gràcia. Això m'agrada, d'ella, però també em fot una mica de fàstic a vegades.

—... Mireu el que tinc! Mireu tot el que tinc! —insisteix ara imitant la veu del mafioset de la pel·lícula.

L'Isaac s'ha emprenyat amb la Júlia i jo m'hi podré apropar. Segur que encara està pensant en la pel·li i l'escena que la Júlia afusella sense pietat. Exaltació, molt color, carn. Cossos que farien vendre't els pares només per poder-los llepar una vegada. A l'escena: ell amb el tors nu; elles en biquini, contemplant-lo com verges Malibú davant d'un Jesucrist de gimnàs en plena exaltació espiritual. I una vegada o una altra el Mireu tot el que tinc i que si soc el puto somni americà, que si tinc samarretes de disseny, shorts, Calvin Klein, bales d'or, Nunchakus i no sé quantes parides més.

El tio fa la cantarella amb una arma a cada mà, i les verges Malibú se'l miren amb assentiments mullats, gesticulacions i ulls igual d'humits. Això sí, m'agrada el so metàl·lic de fons, durant tot el diàleg, un carrisqueig que podria ser d'una caixa enregistradora o el que fan les armes quan es carreguen amb la primera bala.

Diguin el que diguin aquestes dues, el James Franco està genial. Potser faig el ridícul posant-me així, putejant-me tant, o emmurriant-me, que diu la Vet, «No t'emmurriïs, va, Isaac». Potser sí que soc el que sempre fot el pena i es pensa ves qui sap què. Tampoc és que sàpiga realment com soc, però ridícul o còmic són les paraules que sento més aquí, a dins —cop al pit—. Pura ràbia. I vergonya. Coses simples. Vergonya perquè sé que no soc especialment res: ni guapo ni llest ni simpàtic. A tot estirar una mica de tot, però no gaire de res. El millor dels dolents; el pitjor dels bons. Gens especial. Tothom és una merda. Penso massa en com dec ser.

La Júlia encara riu per sota el nas. Estic segur que la pel·lícula li ha agradat més del que diu, però ho fa per fotre, això de dir que és una merda. I ara vindrà la Vet, ja ho sé.

Em diu que m'estiri a la seva falda. No m'ho diu; ho entenc. I té uns dits... Potser sí que hi ha coses bones al cap i a la fi. Quan la Vet em regira els cabells sento pessigolles per tot el cos, pessigolles de les bones, perquè de sobte tot està bé, per uns instants, tot i que saps que no durarà.

I sí, la Júlia sempre es burla de mi. Deu tenir raó. Jo li fotria una hòstia que li fes saltar un parell d'aquelles dentetes tan ben posades que té. Però m'agrada, la Júlia, també. El seu nasset arremangat. Una mica com el de la Bardot.

Demà volen anar a comprar. Ja ho tenen preparat: la Júlia, la gillette; la Vet, la corda. El cicle sagrat comprimit en vint-i-quatre hores: morir, tornar, comprar.

No sé com s'ho feien abans per suportar el pas dels dies. Havien de parar ben bojos. Suposo que per això creien en déus i religions. Sempre el mateix color, com una pel·lícula sense girs ni l'ara-tot-d'una-resulta-que-això-o-allò. Només tenien el dia a dia: treballar, casa, menjar, resar, esperar, dormir, sortir el cap de setmana, amb alguna rebolcada si hi havia sort. Havien de creure en coses rares, per força. Els avis encara són una mica així, de creure en el progrés i que tot anirà bé. Els avis van morint de mica en mica, afortunadament.

La Vet m'aconsegueix calmar. És l'única que ho fa. Suposo que també em relaxaria si ho fes qualsevol altra persona, això de remenar-me els cabells. Però només la tinc a ella. Em concentro en els moviments dels seus dits i el so de brases dels cabells, agafats gairebé d'un en un. Me la imagino mirant-me fixament, sense pretendre que li digui res. Sentir sense intenció. Demà de compres, penso. Repasso mentalment els bitllets que tinc guardats a la caixeta sota els cotxes clàssics. És una caixa de metall, sembla antiga però no ho és, record d'algun viatge dels pares, amb les punxes d'una d'aquestes esglésies faraòniques que hi ha a les ciutats importants gravades a la tapa. De París, o Bruges, o algun altre lloc per l'estil. He estalviat i tinc els diners perfectament ubicats dins el meu cervell: dos bitllets de vint, tres de cinquanta, un de cinc i un bitllet totpoderós de cent euros, el regal de l'avi, pel meu aniversari, que va ser la setmana passada i ningú no ho sap perquè em fa sentir incòmode que em felicitin. Dos-cents noranta-cinc euros: el preu del Porsche 550 Spyder a escala 1:18 del James Dean. La peça que tinc reservada. Sí, coses simples: ràbia, vergonya, el «Little Bastard»... Omplo l'habitació amb cotxes de pel·lícules com qui refà les connexions neuronals malmeses per un trauma. És la sensació de sí, ara està bé, per uns instants, duri el que duri. A dalt de tot l'Aston Martin de James Bond i el Gran Torino de l'Eastwood; després el Plymouth Fury de *Christine* i el Falcon de *Mad Max*, pura musculatura. A l'estant de sota el «Herbie», el Mustang de *Bullit* i el Batmobile de la sèrie. Totes les meves sinapsis, perfectament ubicades nivell a nivell. I al lòbul frontal, a l'altura dels ulls, on més es pensen les coses, les meves estrelles: el Thunderbird descapotable de *Thelma and Louise* i el Ford V8 de *Bonnie and Clyde*, amb tots els seus forats de bala (rèplica exacta amb certificat). L'espai buit entre aquests dos —la connexió—, serà per al James Dean. Dos-cents noranta-cinc euros. Preu especial que em fan a mi. Ahir em van trucar per dir-me que ja havia arribat. Demà el tindré.

A la Júlia i a la Vet els agrada fer-ho a casa, al dormitori o al lavabo. Jo prefereixo l'exterior. Tinc el meu lloc. La meva hora.

Crec que l'únic que em surt a la primera és fer la forma de *s*. Tot el rotllo de fer passar l'extrem per l'ansa i donar voltes amb la corda és una mica un conyàs. Vaja, que no és tan fàcil com cordar-se les vambes. Haig de tornar a començar més d'un cop, que si ho fas malament pots acabar gronxant-te tota la nit per res i l'endemà tot són retrets, dels pares, de l'hospital, de la Júlia. Bufff, la Júlia. Seria terrible: que si m'has deixat «penjada» —ho diria sense *bromes intended*, expressió seva—, que comprar sola no té la mateixa gràcia i sembla mentida que encara la caguis així. M'ho recordaria durant anys.

Va, tornem-hi: Fes una forma de *s* amb la corda. Passa un dels caps a través d'una anseta...

Per què mai no ensenyen coses útils a l'escola?

Em despullo del tot, al lavabo. Em miro. Espero que aquesta panxa em duri per sempre. El mirall me la retorna suau i plana, com una pista d'aterratge. Una tia de classe em va dir que ella prefereix fer-ho amb un cúter. Un cúter? De debò? No es pot ser més penós! Qui se suposa que soc ara, la Júlia conserge amb granota de treball? *Construccions Júlia. Tallem venes a mida*. Què coi, això s'ha de fer amb una gillette, així, pronunciat en francès, posant cara de ganes d'empassar-te-la tota.

Banyera plena, aigua calenta, vapor, res de roba, que la sang l'endemà ja no marxa.

Quatre talls verticals i profunds, la nit, morir i —trec aire— les papallones abans del Despertar.

Acabaré cirurgiana, ja ho veig. Seria el que més feliç faria els pares.

Doncs sí. Hi ha un indret concret que m'agrada. És als afores. Un lloc tranquil. S'hi arriba per un camí de grava que segueix la costa, entre edificis a mig construir, abandonats, grafitis i pins baixos que devia plantar algun ecologista esperançat fa uns anys. Has de vigilar amb les agulles i els condons, però cada vegada n'hi ha menys, d'aquesta porqueria. El tren, el meu, passa a les 21:24. Un directe que se suposa que no para fins a la capital. No és puntual. Però segueix sent el tren de les 21:24, passi a l'hora que passi. L'espero després d'un túnel; entre dos túnels, de fet. Podria arribar-hi només pel camí, però prefereixo travessar el túnel a peu i ensumar la foscor que desprèn: seca, com de metalls i cables i pols, tot junt, sedimentat en una mena de capa de greixum deshidratat. Molt Lynch tot plegat.

El primer cop que m'hi vaig llançar vaig marcar el lloc exacte. Hi vaig amuntegar un grapat de pedres, d'aquelles de pedrera que hi ha a la via que no semblen gens naturals. M'ho van ensenyar a fer a les colònies, això, quan era petit, amb pedres de veritat, és clar. Fites, crec que en deien. T'esforces perquè tinguin alguna forma particular i que no caiguin amb el primer cop de vent. Allò que deia de creure en coses rares.

Creuo el túnel, la foscor, l'olor seca, arribo a la meva fita, al meu tren, a les meves 21:24... El conductor no es molesta a frenar. Ja no ho fan.

Com Jesús o aquells insectes que reneixen diferents

I

No soc una persona gaire llesta. Ho sé. A l'escola em deien burro. Els mestres em miraven amb condescendència i crec que es pensaven que jo no me n'adonava. Tots aquells ànims exagerats, una mica fora de lloc, el Si t'hi esforces i Tu pots més del que et penses. Però la veritat és que no podia tant com ells volien. Jo ho sabia; ells ho sabien; i els meus companys, doncs això: Burro, més que burro, o Què et passa a la boca, Arnau? Què et passa? De petit tartamudejava molt i era incapaç de pronunciar una frase sencera sense encallar-me dos o tres cops; ara no ho faig tant. No em van portar al metge ni res similar, tan sols van anar passant els anys i jo cada cop em vaig esforçar menys per parlar bé i fer-me entendre. Als meus pares no els va semblar mai un problema tan gros, ni el tartamudeig ni el silenci que va venir després. No passa res si no ets una llumenera com el teu cosí, em deien. Tinc un cosí que sí que és llest, o el tenia. Va estudiar una carrera d'aquestes per fer negocis, li va anar molt bé, els estudis i els diners, i va morir fa dos anys de càncer de còlon. Ell sí que sabia fer discursos; per a mi, en canvi, les paraules sempre han estat com fulles d'afaitar dins la boca. La gent, les paraules, tantes mirades... Les veus se'm fan pesades, les dels altres i la meva. I és que parlar no ajuda en res, només esmola les diferències i les fa més doloroses. Voldria que dins el meu cap hi regnés el silenci. Una transparència freda i muda, com la d'un llac gelat. Suposo que per això em vaig fer enterramorts.

Els pares van morir quan jo tenia divuit anys. Ara en tinc trenta-nou. El meu pare va voler avançar un camió, va calcular malament i va xocar de cara amb el cotxe que venia en direcció contrària. L'altre cotxe era un totterreny d'aquests de ciutat; el del meu pare només un cotxe petit. Morts a l'acte. Un home uniformat que va trucar a casa em va donar la notícia. I què us podria dir? Va ser estrany, i encara els trobo a faltar, sobretot la mare. I la policia em segueix fent por.

Visc sol. Al cementiri. Faig jornada completa, o jornada plena, les vint-i-quatre hores del dia, de sol a sol, lluna inclosa. Treballo de dia entre les tombes i vigilo de nit, perquè es veu que hi ha gent que li agrada anar als cementiris quan és fosc i fer coses sexuals. Satàniques!, li vaig sentir dir al pare Jaume un dia que algú va guixar una tomba i s'hi va pixar a sobre. Jo no crec que hi hagi coses d'aquestes aquí, de les satàniques, vull dir. El pare Jaume s'exalta per tot. És el típic capellà que necessita crear-se enemics. Fa molts anys que treballo al cementiri i no hi ha fantasmes, ni dimonis, ni res a banda de cadàvers que es van desfent entre murs de formigó. Si algú es pixa en una tomba crec que és perquè està enfadat amb el mort i no va tenir temps de dir-l'hi bé. O simplement perquè està enfadat i ja està, amb els veïns, amb la família, amb el senyor alcalde o amb qualsevol cosa. Encara ara m'agradaria agafar pel coll algun d'aquells companys de classe que es burlaven de mi i... Bé, si un dia es mor un d'ells —perquè recordo molt bé com es deien tots i tinc les seves cares gravades dins el cap— i l'haig d'enterrar, potser també n'hi dic quatre de fresques, quan ningú no em vegi.

Passejo molt pel cementiri de nit. No necessito dormir gaire, amb tres o quatre hores en tinc prou. I descanso de dia, cap al migdia, quan tot està tranquil i no tinc feines urgents per fer. Tinc un cap. Confia en mi i em deixa fer les coses a la meva manera. Al principi no era pas així. Quan vaig arribar, crec que va ser el segon dia de feina, li vaig sentir dir per telèfon que per què li enviaven un retardat com jo. No va dir burro, va dir retardat i mongòlic, tot i que no en soc pas, de mongòlic. Amb el temps va descobrir que era més útil del que es pensava, i ara ho faig tot jo, només el necessito per carregar els taüts i descarregar els sacs de ciment al magatzem. De fet soc prou fort per fer-ho tot sol, això, els taüts i els sacs. La mare em deia Ets gros i fort com el teu avi. I afegia: Com un brau! Es veu que el meu avi era una mola de dos metres que ja carregava sacs de ciment com si fossin de palla. Però el senyor Pau, el meu cap, no ho veu tan clar, això de deixar-me les feines pesades només a mi. Suposo que té por que un dia em caigui un mort i els seus superiors l'esbronquin. Perquè el meu cap també té caps, a l'ajuntament. Devia parlar amb un d'ells aquell dia per telèfon. Sigui com sigui, a banda dels enterraments i una estoneta al matí per repassar l'ordre del dia, la majoria de les hores el senyor Pau les passa al bar que hi ha a l'altra punta del carrer. Li agrada beure. Cervesa al matí; vi i licors a la tarda. No li dono més de cinc anys de vida. I és una llàstima, perquè és un home que em convé molt.

Ara el tinc aquí, el senyor Pau. Són les deu del matí i ja fa aquella olor acre d'alcohol i suor que em recorda el pare els diumenges després de dinar. Avui no tenim cap «client» —ell n'hi diu «clients», dels morts—, o sigui que tot serà feina de flors i neteja. Un dia només per a mi, penso.

—Arnau, quan acabis amb els parterres, fes una volta pel cementiri dels protestants. Fa dos dies que des del bar veig que hi entren uns nens. Fote'ls fora.

Assenteixo.

El cementiri dels protestants —que no és només dels protestants sinó de qualsevol que no sigui catòlic o no tingui on anar a parar— és un dels meus llocs preferits. Sense gairebé visites, sense flors ni àngels de pedra tampoc. Només gespa verda i làpides amb poques paraules; els noms i les dates, res més. M'agrada així. No entenc gaire això dels àngels i Jesucrist. Vull dir que potser sí que existeixen al cel, però us asseguro que no tenen res a veure amb la mort. No dec ser gaire espavilat, però sé molt bé què els passa a les persones quan són mortes, i us asseguro que no hi ha àngels, ni vida eterna, ni llums al final del túnel, quan el cor s'atura i els ronyons deixen de filtrar. Una persona mor igual que un gos atropellat. Tant se valen les oracions, les flors o els àngels que la família vulgui plantar a la tomba. Són morts, tan sols això: carn que es podreix, cucs, òrgans que s'enfosqueixen i una olor esdolceïda que pot arribar a ser atraient quan t'hi acostumes. Ni cels, ni paradisos ni arcs de Sant Martí. Això només és per a la gent que no mor, o que ressusciten, com Jesús o un d'aquells insectes que reneixen diferents. Jo fa més de vint anys que treballo al cementiri i no he vist mai cap ressuscitat. Ni un sol cas. I ho sabria, si algú hagués tornat. El cementiri és casa meva i el tinc ben apamat: cada metre quadrat, cada cripta, cada soterrani i cada cambra i edifici. Hi ha llocs d'aquest cementiri on només hi entro jo. Els meus llocs. Tinc totes les claus.

Començaré fent la ronda pel cementiri dels protestants, doncs. A veure si pesco algun d'aquests nanos del senyor Pau.

No m'agraden gens, els nens. No m'agradaven quan jo ho era; ni tampoc ara, que ja soc gran. Massa sorollosos.

Em faig un doble nus als cordons de les botes,

m'ajusto la gorra, és una gorra negra que em van regalar al supermercat fa un parell d'anys, amb unes lletres que ja no es poden llegir i taques blanques de suor sobre la visera que no aconsegueixo netejar mai del tot. Em penjo el feix de claus al cinturó i agafo l'escombra i el carro gros de les escombraries. El senyor Pau ja ha marxat. Tornaré d'aquí una estona, ha dit. No tornarà fins després de dinar.

Ja els noto abans d'entrar al recinte protestant. La gent, i els nens són gent, també, té una presència que es pot sentir quan coneixes molt bé un espai, i el cementiri és el meu, d'espai, com les parets del meu propi crani. Obro la reixa amb compte de no fer soroll i els veig. Són al fons. Tres nens i una nena. Deuen tenir vuit o nou anys. Els nens juguen a pilota fent-la rebotar contra una làpida. La nena, en canvi, seu a terra d'esquena, una mica apartada. Són nens de barriada. Nens bruts. Segur que estan fent campana i els seus pares els han aviat fora de casa. No els puc culpar, jo també preferiria el cementiri que l'escola, o que els pares, si no tenen feina i s'estan tot el dia a casa lamentant-se o mirant la tele. Però quan els sento les veus, aquells espinguets aguts: Passa-me-la!, Corre!, Ara jo, Meva!, desapareix aquesta ombra de comprensió i ja no em sap gens de greu fotre'ls fora. De sobte, com un cop de martell vingut del no-res, només tinc ganes de fer-los callar.

Avanço per la gespa i deixo que el dringar de les claus em delati.

Els nens em veuen immediatament. Semblen animalons alertats per un depredador. Em claven els seus ullets d'agulla, encara a mig fer, un d'ells recull la pilota i abans que tingui temps de fer dues passes més ja corren i salten el mur com micos histèrics. He alçat l'escombra, però ara l'abaixo a poc a poc. Mentre fugien han xisclat alguna cosa però no els he sentit bé. Tampoc no m'importa. Una brisa recorre la gespa i respiro tranquil. Cap guixada, gens de brossa, ni pixades, només unes taques de fang a la làpida on xutaven la pilota. Em trec un drap de la butxaca i, quan m'ajupo, llavors la veig: la nena no ha marxat. Què fa? És exactament al mateix lloc on era abans, d'esquena, inclinada sobre una cosa que no aconsegueixo veure bé. Torno a alçar l'escombra, però segueix sense immutar-se.

—Ne... ne... nena. Fot el camp.

No reacciona.

M'hi acosto. Primer hi vaig decidit, després més a poc a poc. Només quan hi soc molt a prop i la meva ombra emergeix per sobre el seu cap, fa un bot i em mira. Du un vestit de color crema translúcid i va descalça. Se li intueixen unes calcetes blanques sota el vestit i els ossos dels genolls. Sosté una nina tronada amb una mà.

—Que marxis! —crido.

Triga uns segons a reaccionar, però acaba fent el mateix que els altres: córrer, fugir, saltar, res més. No soc a temps de donar-li cap bastonada, però sí que aconsegueixo arrencar-li la nina de la mà. Aquell tros de plàstic fa una olor que no m'agrada gens. Suposo que deu ser una mica l'olor de la nena, com de pipí ranci, però també fa pudor de cosa sintètica. I aquells ullets vius i blaus que no s'estan quiets, amunt i avall, amunt i avall, cada cop que la sacsejo. Li haig de cobrir el cap amb la mà per treure'm aquella mirada de sobre. Després, sense pensar-m'ho dos cops, la llenço a les escombraries. Sento el cloc que fa quan s'estavella contra el fons del cubell.

Netejo la làpida. La deixo perfecta de nou. M'eixugo la suor del front. Tampoc no m'agrada la calor. Paraules, calor, nens, tot forma part de la mateixa cadena. La tomba té un nom d'aquells que em fan pensar en els països del nord on sempre hi fa fred i la gespa no pica. Això m'ho va explicar la mare, que va anar a treballar a Alemanya quan era jove. Juan Jacobson Artigas, 1943-1998. Va morir relativament jove, aquest. La millor temperatura és la de quatre o cinc graus. El pare Jaume diu que al cel sempre és primavera, però jo crec que al cel hi ha de fer fred, per força. Sis graus a tot estirar.

—Com ha anat el matí?

El senyor Pau acaba d'entrar a l'oficina i seu a la primera cadira que troba. Se'm queda mirant amb els ulls una mica envermellits. Jo arronso les espatlles. Estava repassant les factures del mes. Hi ha la dels estris de neteja, la d'una aixada nova i una pala per fer forats, la gasolina del tallagespa i els dinars, que també me'ls paguen. Tot això va en una pila. A l'altra hi poso els subministraments. El senyor Pau, que no em deixa de mirar, m'ha fet descomptar i haig de tornar a començar.

Els estris de neteja, l'aixada...

—Si no dius res és que ha anat tot bé —diu ara. Fa repicar els dits sobre la vora de la tauleta on m'estic i aixeca les celles. Llavors—: Ostres, quin ensurt els deus haver fotut! He vist com corrien, aquells nanos. Encara no deuen haver parat.

—No els he... he... fet res.

—Que no, que no, que es fotin, a veure si no tornen més. Uns maleducats, això és el que són. I els pares, uns gitanos. Tu ves vigilant, i si els enxampes un altre dia els amenaces... no sé... els dius que els fotràs a la fossa comuna. Alguna cosa així, eh, Arnau? —i esclafeix una rialla.

Que jo recordi a la fossa comuna no hi ha nens. Potser abans, quan jo encara no havia nascut, els hi posaven, però des que treballo aquí només hi hem enterrat dos vells que no tenien ningú i un rodamon sense nom que va aparèixer mort a la platja després d'una torrentada. Els «no reclamats», en diu el senyor Pau. El senyor Pau posa noms a totes les coses, i m'emprenya molt, que si els «clients», que si els «no reclamats», que si les «rates de cementiri»... Les rates aquestes són les vídues que venen a plorar el marit cada dia. «Puntuals i silencioses com les rates», diu.

Jo segueixo comptant. Tres factures de gasolina, els set dinars des que ha començat el mes, set dinars iguals, el mateix menú que em porten al cementiri...

El senyor Pau, que per fi s'havia quedat callat, allarga la mà, recull una pila de factures i les contempla sense llegir-les. Ulls inquiets de borratxo.

—Quan ho tinguis tot comptat m'ho deixes al despatx.

El senyor Pau té un despatx. És l'habitació del fons, a la mateixa planta baixa on som ara. Hi té una màquina d'escriure vella, quatre classificadors amb formularis que ja no es fan servir i un calendari amb una noia mamelluda i les cames obertes. L'únic que canvia cada any és el calendari, i els que va llençant me'ls quedo jo. M'agraden les noies dels calendaris, em fan companyia. Són una mica com els àngels de pedra del cementiri: poques paraules i la mirada de marbre. Però també són més reals. Suposo que al senyor Pau li agraden aquestes noies perquè és molt catòlic; jo, en canvi, m'és igual ser catòlic o no, els morts són tots iguals, si fa no fa com els vius, i el que valoro és el silenci i que aquestes noies de paper no m'exigeixen res.

—Escolta, Arnau... —El senyor Pau rebrega les factures i acaba per deixar-les sobre la taula altre cop. Jo començo a aplanar-les amb el palmell de la mà—. Ara que estàs amb això —comença—, l'ajuntament se m'ha tornat a queixar de la llum.

Em limito a destriar la factura de la llum i li ensenyo. Ell ni se la mira.

—Diuen que puja massa.

—He.. he... revisat els temporitzadors i els fanals s'ap... paguen a les deu en punt. No queda res encès a la nit.

—Ho has comprovat bé?

—Sí. Dos cops.

—Doncs haurem d'avisar els tècnics, perquè això no pot ser.

—Ho tornaré a mirar. No cal molestar el se... se... senyor alcalde.

El senyor Pau posa una expressió burleta. Se'm queda mirant. Jo aplano i alliso, com si res, i després col·loco les factures a la pila que correspon. Sé molt bé que el senyor alcalde no s'encarrega d'aquestes coses tan poc importants, però també sé que si dic disbarats com aquests el senyor Pau es posa de bon humor i oblida el que tenia al cap.

—Tot solucionat, doncs —fa de sobte. I abans d'anar-se'n—: Recorda que demà tenim un «client».

Assenteixo.

Quan ja estic sol deixo la paperassa de banda i m'acosto a la finestra. El senyor Pau marxa decidit pel passatge central del cementiri, saluda un parell de «rates», que li somriuen amb una mena de reverència monacal, i es perd entre els xiprers de l'entrada.

La factura de la llum és un problema. M'ho temia.

El terreny del cementiri ocupa una superfície de quinze mil metres quadrats. Hi ha dos edificis. Un de petit, on guardo les eines, i l'edifici principal on passo la major part del temps. A la planta baixa hi tenim l'oficina. Jo visc a dalt: una habitació amb vistes a una paret de nínxols, una cuineta i un servei. També hi ha el soterrani i la capella. La capella és al centre just del cementiri, a l'encreuament dels passatges centrals i a l'ombra de tres xiprers. En tinc la clau però només hi entro per escombrar. És territori del pare Jaume i hi fa pudor d'encens i humitat rara, cap dolçor. Al soterrani, en canvi, sí que hi baixo. Abans, fa molts anys, quan encara no treballava aquí, hi havia el dipòsit de cadàvers, amb aquelles campanetes per si es despertava algú. Des de fa temps que no es fa servir. Els «clients» ja els porten preparats del tanatori i aquí no s'hi fa res. Només hi baixo jo. Hi ha una sola clau i la porto sempre a sobre.

Han passat cinc minuts. Palpo el feix de claus. A fora, al carretó de les escombraries, encara hi ha la nina dins una bossa de la brossa. L'he lligat bé, amb un nus gruixut, com un llaç. Surto, agafo la bossa i torno a dins.

La porta del soterrani s'obre amb dos volts de clau. Fa un espetec metàl·lic que ressona fort i es perd endins, cap a la foscor. L'alè gelat de l'interior m'impacta a la cara. Tanco la porta darrere meu i m'entretinc a desfer a poc a poc el nus, no vull fer-la malbé. Trec la nina. No la llençaré, ni a les escombraries ni a la «fossa comuna», com diu el senyor Pau. Suposo que es quedarà amb mi. Travesso el recambró d'entrada. L'aire que surt de l'aire condicionat fa oscil·lar una filera de noies de calendari clavades a la paret. Han caigut un parell de xinxetes. Ho arreglo. El termòmetre marca cinc graus. Respiro i m'omplo els pulmons de fredor.

Amb la llum d'una sola bombeta en tinc més que suficient per moure'm pel dipòsit. Estiro el cordill, clic, i el filament es posa del color de les brases. L'aire és com de cristall, i les ombres del sostre arquejat, mitges llunes de negror, em fan sentir a casa. Si apujo la temperatura a set o vuit graus potser els de l'ajuntament em deixaran en pau. I tot seguirà igual. Ho provaré.

II

A la una portaran el fèretre i he de tenir el nínxol preparat. L'he obert i netejat. El senyor Pau se m'ha quedat mirant amb una cigarreta penjant dels llavis mentre jo picava el ciment i desencaixava la llosa de la làpida. Després, quan he començat a arraconar els ossos al fons, ha marxat. Ara torno, ha dit, en el seu to de normalitat, com si jo realment no sabés que només apareixerà quan sigui l'hora, per fer veure que ho té tot controlat i cobrar la propina. Torna a fer calor. El termòmetre de l'oficina marcava vint-i-vuit graus abans de sortir, i només eren les deu. He deixat les eines recolzades a la paret, el sac de ciment i la galleda d'aigua preparats, amb aquella olor de goma i química seca. Encara tinc uns deu minuts per no fer res. Suposo que si fumés ara faria com el senyor Pau, però els cops que ho he provat sempre m'he marejat i ho he deixat estar. Tan sols m'entretinc escurant-me la brutícia de sota les ungles amb la tija seca d'un matoll. Sec a la gatzoneta, a l'ombra. Uns pardals furguen la gespa amb els becs i s'enlairen i aterren fent saltirons. Si tingués pa els tiraria unes molles. Però no porto res de menjar.

Esperar, no fer res, estaria la mar de bé si no fos perquè no estic sol. Primer s'estaven a l'entrada, rondant sense atrevir-se a creuar-la. Però sembla que no en tenen prou i perden la por amb facilitat. Són els tres nanos que jugaven a pilota. Encara la duen, la pilota. Un d'ells, el més baixet i amb pinta de ser qui porta la veu cantant, la té sota el braç i no la deixa anar per res. Crec que aquest cop no tenen cap intenció de posar-se a jugar. Només em miren, molt seriosos, com ho fan els nens quan tenen por i, a la vegada, no poden evitar desafiar-te. Recordo molt bé aquesta mirada de gos dels nens. No és pas diferent de la que em llançaven els companys de l'escola quan em deia burro i subnormal. Els que em feien la vida impossible quan era petit crec que també em tenien por, però sabien que jo no els faria res. Els professors, els pares, el fet que jo fos l'últim de la classe i que, en el fons, encara busqués fer amics, tot això els feia sentir segurs. Aquests tres nanos, en canvi, saben que si els enxampo els podria retorçar el coll amb un simple gest de la mà. O això es pensen. Crec que es nota que ja no vull amics de cap mena.

Ara el de la pilota ha avançat uns metres i s'està dret a tocar d'un xiprer, ell i l'arbre retallats contra la capella al fons. Els altres dos, més enrere, encara miren de reüll l'entrada del cementiri, per assegurar-se la fugida, suposo. Em moco. M'esforço per fer-ho de manera sorollosa. Escupo i m'aixeco. I agafo el martell del farcell de les eines. Llavors m'hi encaro.

—Monstre! —crida un dels nens que s'havia quedat enrere.

El de la pilota s'inclina. Diuen que els animals tenim tres formes d'encarar el perill: fugir, lluitar i bloquejar. Aquest nano s'ha ajupit com si estigués disposat a aturar-me. No crec que sàpiga el que es fa. Allò que deia d'un simple gest i pam, coll trencat. Per què són així els nens? Quina necessitat de fer-se valdre. Es burlaven de mi per sentir-se millor, suposo. Al meu costat ells sí que eren macos, i llestos, i se'ls estimaven perquè ho eren, no com jo, que em mereixia les paraules «retardat», «ximple» o directament «monstre». Sí, monstre, com els que viuen als pantans o tenen cicatrius a la cara i els ulls o el nas fora de lloc. Els monstres crec que serveixen per a això, per fer que la gent normal s'estimi.

Des d'on soc podria llançar el martell i potser l'encertaria. No ho faig.

—Marxeu! —crido.

Els dos de l'entrada ja n'han tingut prou i surten corrent. L'altre encara s'espera sota el xiprer. Li puc ensumar la por: aquella fortor tèrbola que desprenen els cossos quan se saben amenaçats, com un xiscle que t'entra pel nas.

—Que vols veure els mo... morts? —faig ara, i assenyalo amb el martell el nínxol obert.

Fa un pas enrere. Jo un altre cap a ell. I llavors distingeixo al fons el senyor Pau i els assistents del tanatori, els homes de vestit negre i colònia, carregats de corones de flors. Enfilen el passatge cap a on soc. Torno enrere i deixo caure el martell dins el farcell.

Quan torno a mirar, el nen ja no hi és. Sé que tornarà. Sempre tornaven. M'arraconaven al pati, m'enganxaven xiclets als cabells, em seguien fins a casa i em tiraven pedres. Un cop em van prendre la roba al vestidor i vaig haver de sortir nu al pati. Encara recordo la cara del professor de gimnàstica, sorprès, i visiblement molest. Es pot saber què fas, Arnau? Que no hi toques o què?, em va esbroncar, perquè la culpa era meva, o ho havia de ser: soc burro, oi? Aquest professor, el senyor Giribert Casals —també tinc el seu nom ben gravat endins—, un d'aquests esportistes que es burlaven dels nens que s'entretenien amb joguines quan se suposa que ja havien de perseguir nenes o marcar gols, el vaig enterrar fa quatre anys: va caure de no sé on mentre feia escalada. Se li va esberlar el crani com un meló. I no és precisament gaire lluny del que enterrem avui, de fet. Set o vuit nínxols més avall.

El nen de la pilota em preocupa. Els nens saben coses. Les noten. Té aquells ulls de navalla. Segur que sap el que jo sé, que les persones no són el que semblen, que s'amaguen, que allò que les fa més humanes només surt molt de tant en tant, com un cop, o una ràbia, amb la capacitat de fer mal de debò, i que tota la resta, les paraules, les normes i totes les coses que ens ensenyen a l'escola i a l'església són tan sols un condiment, l'avantsala d'aquest gest violent, necessari per sobreviure, i per respirar, i que pot estroncar la vida de qualsevol cosa amb un trist crac i ja està.

—Arnau! —És el senyor Pau, ja són aquí—. Ajuda els senyors —em mana.

Agafo una corona de flors i espero instruccions.

—La família ha demanat que les posem al peu del nínxol —explica un dels homes de negre—. I volen aquest ram a dins.

Deixo la corona a terra i espero.

—Arnau, el ram! —exclama el senyor Pau.

—El po... po... poso ara o espero a dei... xar-lo sobre el fèretre.

El senyor Pau assenteix amb el cap. No sé què deu voler dir. Esperaré la caixa. La gent comença a arribar. Una comitiva perfecta, homes, dones i nens caminant a poc a poc, com si només passegessin, però amb una solemnitat ben apresa. Ara em miraran en silenci mentre ho faig tot: ficar la caixa, les flors, el ram sobre el mort, i després, encara en silenci, tot d'ulls seguint el xipolleig del ciment i la tapa interior que encaixaré de forma provisional amb quatre paletades de ciment. La propina va per al senyor Pau, que riu com un beneit d'església, cosa adquirida amb els anys també, i va amunt i avall, com un home compromès amb la feina i la cerimònia del moment. Quan ja no hi hagi ningú, acabaré la feina.

Aquest és un dels pocs moments, potser l'únic, que la gent no em molesta.

Els nens apareixen l'endemà altre cop. Ja m'ho esperava. Venen a mig matí. Els meus fantasmes particulars, però de carn i ossos, sempre ben vius. Són una mica com els gats: tenen por, però la saben contenir. Sé que si no em moc gaire s'aniran acostant. Si els ignoro no ho podran evitar i de sobte els tindré a tocar. Però no els ignoro pas.

—Aneu a l'esco... cola! —crido.

Un em fa una ganyota. El de la pilota —avui no la porta— m'assenyala amb el dit, com si m'acusés d'alguna cosa.

—El senyor alcalde trucarà als vostres pares —els amenaço.

I es riuen de mi.

Jo els llanço un grapat de grava. Riuen més. I després tornen a endurir les faccions. Em tanco dins l'oficina. Estic suant. Tinc el cap en una altra banda. Més tard, quan surto, ja no hi són. I mira que els busco pertot arreu: al voltant de la capella, a dins, pels passatges del cementiri, fins i tot dono una ullada a un parell de criptes obertes, i al solar dels protestants, és clar. Se'm fa com un buit dins el cap. Una mica com el buit que vaig tenir quan vaig perdre els pares i vaig saber que em quedaria sol. Als nens no els trobo pas a faltar; els odio, però hauria preferit tenir-los a la vista. Ben controlats i numerats, una mica com els nínxols mateixos, on no hi entra ni en surt res sense que jo ho sàpiga.

Passo el dia capficat.

Gairebé no dormo a la nit. I quan em desperto, al matí, a primera hora, em desvetlla un soroll de trencadissa que ve del pis de baix.

Han xutat la pilota contra la finestra de l'oficina. Hi ha tot de vidres per terra. I la pilota, amb aquella olor de plàstic i pols de pati de col·legi, ha anat a parar contra l'arxivador del fons i ha tombat tres volums del registre del cementiri. Dels nanos, no n'hi ha cap rastre.

Rebento la pilota esclafant-la amb les dues mans i envio la pelleringa directa a les escombraries. Endreço els volums. No s'han fet malbé ni res. Tinc gana però vull recollir els vidres abans de preparar-me l'esmorzar. Abans que arribi el senyor Pau també. No hi soc a temps.

—Passi —sento que diu al replà de l'entrada de l'oficina. Ve acompanyat.

Un home d'uns quaranta anys, amb barba de tres dies, jaqueta prima de cuir i una cua recollida amb una goma elàstica, em somriu mentre creua el llindar. El senyor Pau li sosté la porta allargant el braç. Jo els observo amb l'escombra i el recollidor a la mà. No em moc. L'home és alt, no tant com jo, però alt. Sembla que vulgui fer una encaixada de mans però jo no m'immuto. El posat del retardat amb l'escombra vella. El sé fer molt bé.

—Arnau, però què ha passat aquí?

El senyor Pau ha vist els vidres. Els ha trepitjat, de fet.

—Un accident —dic, amb el cap cot. Faig anar l'escombra.

—Quin desastre. Va, deixa-ho estar ara. —I dirigint-se a mi i al desconegut—: Anem al despatx.

El senyor Pau obre la comitiva i entrem al despatx. Ell seu al seu lloc, a tocar del calendari amb la noia del mes de maig i les cames obertes. Davant mateix de la màquina d'escriure que no ha fet servir mai. Li ofereix una cadira a l'home i a mi em fa seure al seu costat. Encara porto escombra i recollidor, que deixo recolzats entre els cames.

—Arnau, aquest senyor és de la policia —explica el senyor Pau.

—Inspector —afegeix ell, encara somrient.

Somriu massa.

—Està fent una investigació i ens ha demanat ajuda. Ho entens, Arnau?

—S... sí.

—Ets l'Arnau Vallès, oi? —em pregunta ara el senyor inspector. Té els ulls grisos. Només un u per cent de la població té els ulls grisos. Ho vaig llegir en una revista.

Assenteixo amb el cap.

—Pots deixar l'escombra, sisplau.

Obeeixo i la recolzo a la paret. Faig la mateixa operació amb el recollidor, amb compte que no es vessi res.

—Fa temps que treballes aquí, Arnau?

—Molts anys.

—Ets el vigilant?

—Vigilo, ne... netejo i enterro.

—Molt bé. Fas de tot. Ja m'han dit que treballes molt.

Qui l'hi deu haver dit? El senyor Pau? El senyor Pau no diria que treballo molt. El senyor Pau diria que m'ha d'estar a sobre tot el dia...

—Escolta, Arnau. Estem buscant una nena. No se'n sap res des de fa tres dies. La seva família viu a prop. A les torres de pisos de la carretera, saps quins vull dir?

—Els edificis de color vermell i la cúpula al terrat?

—Exacte. Els de color vermell.

—Es veuen des d'aquí —dic. I assenyalo l'exterior. El senyor inspector no em treu els ulls de sobre. Maleïda grisor.

—La nena té vuit anys. Es diu Sílvia Marí. La coneixes?

Faig que no amb el cap.

—No la coneixes? —insisteix.

—No. No la co... conec. No conec nens ni nenes.

—Ahà. —Aquí s'interromp un moment, com si pensés, tot i que sé que no està pensant res, que ja sap què vol dir fa estona. I llavors—: El Pau m'ha dit que fa dies que un grup de nens es colen al cementiri. És veritat?

—Sí. Els vaig fer fora. El senyor Pau no els vol.

Aquí el senyor Pau se sent amb l'obligació d'intervenir:

—Fan malbé les flors de les tombes, sap? I criden i molesten els visitants. A vegades se'ls ha de cridar l'atenció.

—Arnau, mira. —El senyor inspector es treu una fotografia de la butxaca interior de la jaqueta—. Aquesta nena ve a jugar al cementiri?

Contemplo el retrat. És la nena de la nina. Però més ben vestida. Porta una brusa blanca amb un collaret de pedres blaves i una faldilla de quadres que li arriba just per sota els genolls. Sabates vermelles, com de xarol. A la foto té la cara neta i els ulls no són gens com els de les dones dels calendaris: mira a la càmera amb molta força, com si l'haguessin interromput quan explicava alguna cosa i no es pogués estar de dir-ho. Sembla una impertinent.

—La coneixes? L'has vist jugant al cementiri? És important que facis memòria, Arnau. La seva família està molt preocupada i ella és molt...

—No —responc.

—N'estàs segur?

—Puc agafar la foto? —pregunto en veu baixa.

Aquest cop el somriure de l'home sembla que trontolli per uns instants, que es torni fosc com els plecs d'aquella jaqueta d'on surten fotografies que no m'agraden gens. Llavors me l'allarga i jo l'agafo. Arrufo el front.

—Fa tres o quatre dies hi havia uns nens i una ne...

nena com aquesta. Juguen al ce... cementiri dels pro... pro...

—Dels protestants —fa el senyor Pau. I ara al senyor inspector—: És al fons a la dreta, després l'hi ensenyo.

—Però no era aquesta nena —afegeixo.

El senyor policia em pren la foto de la mà.

—Molt bé —diu.

Sembla que l'interrogatori hagi acabat. Jo m'inclino per recollir l'escombra i la pala.

—Arnau, espera —m'interromp. M'ha agafat del braç—. Què vas fer per fer-los fora?

—Marxeu!

L'home tensa el cos. M'ha deixat anar immediatament i alguna cosa en el seu posat i el somriure que ha seguit, gens amable aquest cop, m'ha fet recordar el monstre que puc semblar.

—Els vaig dir això. Que marxessin. Marxeu, marxeu —repeteixo—. I van fugir pel m... mur que dona al descampat, al ri... riu.

El senyor Pau s'afanya a reconduir la conversa:

—Li puc ensenyar el lloc exacte —anuncia amb orgull.

L'home assenteix i, ara sí, guarda la foto a la jaqueta.

Surten davant meu i me'ls quedo mirant uns instants pel forat que ha fet la pilota a la finestra. Però els vidres trencats, que no paren de cruixir sota les meves botes, em tornen al present. He de netejar, treure vidres i vidrets, algú es podria fer mal. Després enganxaré amb cel·lo un full de diari al rectangle buit de la finestra perquè no passi aire ni es colin els mosquits. Els vidres els posaré dins una bossa a part i aniran al contenidor verd. Recordo que al pis de dalt hi ha una aspiradora que no faig servir mai i potser hauria de provar si funciona. La mare sempre passava l'aspiradora quan es trencava alguna cosa de vidre. Deia que l'escombra no netejava els vidrets més petits, els que eren com estelles, tan petits que no notaves que se t'havien clavat fins al cap d'una estona.

Es veu que aquests vidrets te'ls havien de treure els metges amb unes pinces molt petites i punxegudes.

Era molt dolent si se't quedaven a dins. Ho repetia molt, això.

III

Quan el sol encara no ha arribat al campanar de la capella crec que ho vaig entenent. He endreçat l'oficina i estic segur que no m'ha passat per alt cap vidre, però ara sé que aquest no és el problema. O que ara ja no ho és. Una suor m'esclata per tot el cos, com si l'ànima em volgués fugir de sobte. Palpo el feix de claus que duc al cinturó. La meva clau la reconec amb el tou dels dits, no em cal mirar-la, li distingeixo la forma, les seves tres dentetes amb forma de merlets d'un castell en miniatura. Me les apanyo per baixar el cubell gros de les escombraries per l'escala del soterrani. Obro la porta del dipòsit i la tanco després de fer-lo passar.

M'omplo els pulmons dels meus sis o set graus. Em satisfà la remor familiar de les màquines. Tot com cada dia. La bombeta balla sobre el meu cap quan l'encenc. Sospiro. Els passos que he de seguir els veig clars com si estiguessin escrits amb unes paraules grosses i clares, de neó brillant. Cada mot arrencant-me una mica de vida, a tisorades. Primer, parar l'aire. Segon, despenjar les noies de calendari. D'una a una, plegar els fulls, ficar-los al cubell, guardar les xinxetes. Tercer, llençar la nina. Suposo que l'hauré de trencar a trossos, serrar-li els braços i les cames i separar el cap del cos. Fer-ne trossets petits que hauré de llençar a diferents contenidors. Ho podria cremar tot, però el fum segur que cridaria l'atenció d'algú. Sempre hi ha veïns avorrits, ben preparats per assenyalar amb el dit. Ho sé molt bé, això. No tiraré res al riu. El riu va al mar, i el mar s'embruta o ho torna tot. M'haig de desfer de tota la meva família. No deixar res. No vull que els altres remenin les meves coses. Que el soterrani quedi com abans, amb els marbres de les taules ben buits, tan sols tacats de temps, amb les campanetes rovellades, els seus cordills esfilagarsats i tot quiet i barrat. Només això: buidor.

Abans que acabi el dia hi tornarà a fer calor.

Toca quedar-me sol altre cop. A dalt. A plena llum. Ser el burro, el retardat, la monstruositat. Embolicar-me amb la mortalla que ells volen.

I podran pensar que l'he mort jo.

Es despullen per sentir les agulles dels pins

I

L'únic que sé fer és llegir i follar. Diuen que som una generació perduda. O, en tot cas, que uns quants ho som. Però per perdre'm, primer no m'hauria d'haver dirigit a algun lloc? Tenir una fita? Una ambició? O una que duri. Jo no he pretès mai res, de debò. I no ho dic jo; ho diuen els meus pares. Sílvia, et passes tot el dia llegint i fent el ronsa. Així no aniràs enlloc. Aquestes paraules me les repeteixen sovint des de fa anys. Del follar no n'estan informats, crec. O fan veure que no ho saben.

—Ai, Marga! No l'estrenyis tant.

La Marga abaixa la mirada fent-se la compungida.

—Ho sento, senyoreta.

Noto com afluixa les vetes del cosset i trec aire.

Sona el mòbil.

—Maaarga. —Faig petar els dits tres cops.

La noia corre fins al tocador i em passa el telèfon. L'agafa com si aquell tros de plàstic fos un insecte delicat. Tinc un missatge, és del Pavel. M'ha enviat una foto. El Pavel és com el meu capellà privat. També és el meu millor amic, tot i que no soc de jutjar aquesta mena de coses amb gaire serietat. Es passa tot el dia a la biblioteca, tant li fa si té ressaca o no, si fa bon temps o plou a bots i barrals; capellà de biblioteca, com les rates. Treballa en una tesi que ni ell sap ben bé de què va, i quan troba «Alguna cosa d'aquelles que t'ha d'interessar», me l'envia immediatament. Mira això, diu al missatge. Ha fotografiat la pàgina d'un llibre antic enquadernat en pell. El sosté amb una mà ossuda —el Pavel té mans de músic—, i jo, complaguda, per què negar-ho, me l'imagino allà, tot sol, acompanyat del silenci de llibres i pedres velles, pensant en mi i en aquella pàgina acabada de descobrir.

Començo a llegir:

A finals del segle divuit, les ruïnes de tot Europa van ser tornades a visitar per... —blablablà—, *una reflexió de la mort i la decadència de tot allò que viu i té la gosadia de voler prevaldre...* —mmm, prou bé, però no hi estic d'acord—, *blocs de pedra esmicolats com paraules gastades, només en queda un so neutre i el silenci...*

—Senyoreta, els seus pares l'esperen. —La Marga acompanya la interrupció amb una tibada seca de les vetes—. Lady Gemma ha insistit que volien començar a dinar a les dues en punt.

Miro el rellotge: falten cinc minuts.

—Per què li dius lady?

—No ho sé, senyoreta.

—Ni ella és lady ni el meu pare lord.

—No ho...

—No ho sé, senyoreta, no ho sé... —Li imito la veu de burra—. Marga!, que ja et dic jo que no ho són. Només es van enriquir exportant carbó. Cosa fosca; res de títols ni sang blava. Tan sols brutícia a preu d'or.

—No digui aquestes coses dels seus pares.

—Va, deixa estar i fot el camp.

La Marga no es mou ni un centímetre. De fet soc jo qui s'allunya. La malparida es quedarà allà dreta, esperant, com un recordatori impertinent i absolut d'una verge afligida. És massa tard per poder seguir llegint. M'inclino sobre el mirall del tocador i m'encerclo els pits amb les mans. Els mugrons gairebé em sobresurten per la vora del cosset. Agafo aire. Qui voldria arribar a vella?, penso. El dia que les tetes no em quedin així de bé em penjo de la branca més negra del bosc. M'examino una taca rogenca a l'espatlla. La Marga s'impacienta. La taca no és res. Em dec haver rascat mentre llegia el missatge del Pavel. Un mal vici això de gratar-me quan em concentro. Però un mal vici bo, dels que donen plaer. Ara esborro amb el tou del dit una ratlla de pintallavis que ha sortit de la línia. Sí, ja està. Una última inspecció i... El dia que ja no tingui la pell així de blanca...

—Senyoreta Sílvia...

Tanco els ulls. Sento l'asma sobrevinguda que provoca la pressió de la roba. Tetes embotides, falta d'oxigen, records residuals de les cares dels homes quan em veuen passar... Vaja, com un petit orgasme que m'emporto posat. I també tinc ganes d'escanyar aquella llepaculs. Obro els ulls. Somric, a mi mateixa, encara mirant-me al mirall. I ho dic seriosament això de les ganes de matar la Marga. Les paraules són una merda, mes típiques impossible: «és que la mataria!», «no la suporto!»... Però el desig és tan real com les marques que et deixa un cosset ben cenyit.

Llanço el mòbil sobre el llit: el pare no vol ni mòbils ni llibres a taula.

Em poso la brusa i surto del dormitori.

La Marga em segueix a dues passes. Dues putes passes exactes.

Els pares, asseguts a taula:

—Així m'agrada! —exclama el pare.

El rellotge de peu del menjador marca les dues i tres minuts. Que tolerant, ell. Serro els llavis fingint un somriure. Hi ha noies que fingeixen al llit; jo a taula.

—Andreu, pot servir.

La mare escenifica l'ordre amb un gest gràcil de la mà. L'Andreu, vestit de pingüí immaculat, fa una petita reverència i orquestra l'arribada del primer plat. Suquet de rap o d'algun peix d'aquests de diumenge. Mai no he estat capaç de recordar aquestes coses.

—Sílvia, estàvem comentant amb la teva mare que ahir vas arribar una mica tard.

—Sí —responc.

—Va estar bé el teatre? T'ho vas passar bé?

Assenteixo de nou. Exagero el moviment.

—Déu meu, quina merda d'obra. Cada cop que el tio que feia de Ricard deia: «Que marxi per la porta del darrere»...

—Calla que em pixaré a sobre! —És la Cristina. La tinc enganxada a un pam i li sento l'alè saturat de licor. Intenta contenir un atac de riure.

Estem encaixonats dins un privat del lavabo del teatre. El Pavel, la Cristina, l'Adam i jo. El públic ja ha marxat però encara sentim algú que feineja a fora.

—Et pixaries a sobre meu —diu l'Adam.

—Ja t'agradaria, ja.

—Calleu tots! —ens renya el Pavel. Ell és l'encarregat de patir quan ens fiquem en aquestes situacions.

Passem uns segons en alerta, atents a l'exterior. Llavors murmuro:

—Doncs que marxi per la porta del darrere...

Tots ofeguem les rialles com podem.

Faig autèntics esforços per concentrar-me en els trossos de peix, per engolir-los i no vomitar-hi a sobre. Estan tallats a rodanxes perfectes i coberts d'una salsa de color beix que tampoc no recordo com es diu.

—Vas beure?

El pare ho pregunta amb naturalitat. No li importa que begui una mica, però necessita saber-ho. «La sinceritat sempre ha estat la norma d'aquesta casa» i «Un vaset de vi cura el cor i les penes». És habitual d'aquests lemes tous.

Em fico la forquilla a la boca i mastego. El peix ja se'm desfà a la llengua.

—Vaig arribar una mica «empillocada». —Aquesta paraula li encantarà.

—Bé. —El pare fa oscil·lar el cap mentre desplega el tovalló. Somriu. Sembla satisfet—. Sempre que sigui beure en la justa mesura no hi ha cap mal, oi que no?

Ara nego. Li dono la raó com una bona filla.

—Va tia, treu-ho tot, que és molt aviat encara.

El Pavel m'agafa els cabells mentre vomito al peu de l'escenari. La bola de vi i menjar a mig digerir esclata com un globus ple de vísceres contra el terra. El plaf ressona per tot el teatre buit.

—Sílvia, vinga, explica'ns com va anar.

—Sí, de què anava l'obra?

Les preguntes dels pares són benintencionades. En general sempre ho són. Me'ls miro, em miren, mentre mengen. La cantarella de la interrogació es mescla amb el carrisqueig de les dentadures triturant el peix dins la cambra fosca de les boques. És curiós que les dents tinguin com una mena de vida pròpia, així, al marge de la voluntat, o de la consciència, o del que sigui que un cregui que té al cap. Aquest peix deu ser bo, reflexiono, alguna neurona que es contrau m'ho recorda malgrat la ressaca. Començo a sentir-me amb prou ànim per estructurar un discurs. Menjar deu fer el seu efecte, dents i neurones treballant en grata conxorxa.

—Va ser meravellós —dic.

Penso amb les dents.

—M'ho vaig passar realment bé —insisteixo.

—Fantàstic, oi?

—L'obra és una versió de Ricard III...

—Shakespeare —m'interromp el pare.

—Ahà. Sí, Shakespeare. No sempre em fan el pes, aquestes revisions dels clàssics, però haig d'admetre que el director l'ha sabut adaptar. No hi ha reis ni cort, evidentment. Tot passa en el si d'una família rica, al voltant d'una disputa per l'herència de l'avi, que es veu que havia acumulat una fortuna amb un negoci de cafè a Guatemala. Hi ha una cadena de traïcions, i el protagonista, Ricard a seques, sense tercer, s'acaba quedant sol mentre contempla com s'enfonsa l'empresa pocs dies després d'heretar i haver despatxat tots els competidors. L'actor principal té caràcter. Cada cop que, a l'original, Ricard ordena la mort d'algú, aquí exclama: «Que marxi per la porta del darrere!».

El pare somriu.

Les mentides sempre provoquen més somriures que la veritat. A casa. I a tot arreu.

—Si ens enxampen aquest cop ens cau el pèl —remuga la Cristina.

—Però si ha estat idea teva colar-nos al teatre!

La porta del lavabo s'obre de sobte i immediatament després se sent el xerric de la molla que l'acompanya fins a tancar-la. Tots emmudim com si haguéssim empassat un os de préssec. El Pavel fa equilibris sobre el dipòsit de l'aigua. L'Adam seu a la tassa i aixeca les cames com pot perquè no es vegin per sota la porta. La Cristina i jo, sobre seu, el cobrim amb un mar d'enagos i farbalans.

Li indico al Pavel que miri qui és.

—La dona de la neteja —diu només movent els llavis.

—Que hi ha algú? —sentim a fora.

Ens ha enxampat.

Obro l'espai just per treure el cap. La repasso de dalt a baix: davantal, faldilla negra fins als peus, mocador al cap i uns auriculars que deixen escapar la remor d'una melodia tradicional de flauta. La dona sosté una escombra de mill, inexpressiva tota ella.

—Segueix escombrant! —ordeno. I tanco la porta de cop.

Quan topo amb les cares d'estupor dels meus companys, els calmo amb un gest de Tranquils, tranquils, tot controlat. No us preocupeu. I el cert és que ha funcionat: la dona de la neteja no ens delata. Simplement escombra i després fot el camp.

—A més —continuo—, el millor va ser que després de l'obra vam poder visitar el teatre.

—Ah sí? —La mare obre els ulls encuriosida—. Com és això?

—El Pavel coneix una noia que hi treballa, una actriu. I quan ja havia marxat tot el públic ens va ensenyar l'edifici.

—Aquesta visita et podria servir per a algun treball de curs.

—Sí, ja ho he pensat.

—I qui és aquesta noia? —pregunta el pare mentre esbudella el peix amb la forquilla.

—Si sabeu qui és! —menteixo.

—Ah, sí? Qui?

—La filla de la joiera de l'avinguda Nord.

—Té una filla?

—Sí. I tant.

—Els de la joieria no tenen cap filla, nena.

—Segur? Es diu Neus. I em va dir... bé.. no sé... potser m'equivoco.

—Sílvia, els de la joieria només tenen dos nois. Si ja els coneixes.

—Potser ho vaig entendre malament. —Faig giravoltar els ulls, amb «teatralitat»—. Deu ser la cosina d'aquests dos nois. Tot i que jo juraria que em va dir que era la filla de la joieria.

El pare arrufa el front. Veig clarament com el seu cervellet es transforma per l'art màgic de comptables i xafarders en una mena de guia de telèfons que passa llista a parents i veïns.

—Ara que ho dius... No tenien unes cosines que van anar a viure als afores?

—Sí, deu ser una d'aquestes —afirmo ara, molt convençuda.

Tot arreglat. Sobreviure a un dinar més. O que sobrevisquin ells.

Pel seu bé. Com sempre.

—Juguesca! —exclamo. El crit ressona per tota la platea i per uns instants em sento com una deessa declamant des de l'altura de mil cels de tempesta. Ja no hi ha ningú en tot el teatre.

La Cristina aixeca el cap. S'està asseguda a la primera fila i ajunta les mans amb entusiasme.

—És per als nois, tu no —afegeixo. Ella em respon tombant el cap i fent morros.

L'Adam salta a l'escenari. I el Pavel, que fa un parell de minuts que ha desaparegut darrere uns armaris d'atrezzo, treu una mà i aixeca el polze.

Faig ballar sobre el cap uns fulls que he trobat damunt una tauleta, en un racó. És un diàleg de l'obra.

—Qui dels dos és capaç de follar-me mentre recita Shakespeare?

El Pavel somriu i es perd altra vegada entre cartró pedra i cortines, però l'Adam, decidit, em pren els fulls de la mà amb una estrebada. Repte acceptat.

—Tothom es va portar molt bé. I van ser molt amables. Ens ho van ensenyar tot de dalt a baix: els camerinos, el fossat, la part posterior de l'escenari, el ciclorama...

—Doncs mira que la gent de l'espectacle són molt seus. És clar que potser ensumen alguna subvenció.

El pare sempre desconfia de la gent que té menys diners que ell.

—No, papa; que van ser molt atents, de debò. I us haig de dir que no m'hauria imaginat mai que el teatre fos tan complex per dins. Sabíeu que hi ha sempre dues persones —mentida sobre mentida— que tenen escrit cada moviment, cada gest, cada canvi d'escena i mil detalls més? S'encarreguen de coses com ara si hi ha d'haver un vas de vi mig ple en un taula o una espelma encesa.

—I han de ser dues persones?

—Sí. Una a cada extrem de l'escenari. Així es vigilen mútuament. És importantíssim que no els passi res per alt.

—Quina feinada —remuga la mare.

—És clar que la feina més feixuga és la dels actors —afirmo—. Potser és que soc com soc, així orgullosa, o tímida, ja em coneixeu, però això d'actuar ho trobo superdifícil. I m'agradaria saber-ho fer, de debò us ho dic. M'agradaria moltíssim. —Deixo que aquestes paraules facin el seu efecte durant un parell de segons que els deuen pesar com dues tones d'aquell carbó amb què van fer fortuna, i llavors—: Però tranquils, eh, que no em faré pas actriu ni res.

Els pares riuen. Més cadàver de peix cap dins. Neurones espetegant. Comença la digestió. La bondat ha de ser com una dent morta, per força.

—Ara l'hivern del nostre deshonor... —L'Adam s'interromp, gruny. Em té agafada una cama amb una mà i furga entre els enagos. Li noto la polla humida entre les cuixes—. Deshonor, sí... —repeteix—, s'ha convertit en gloriós estiu...

—No s'hi val a trencar el ritme —em queixo.

L'Adam em mira amb els ulls aquosos. Llavors torna a començar; la veu una mica absent, com a mi m'agrada.

—Ara l'hivern del nostre deshonor s'ha convertit en gloriós estiu amb aquest sol de York.

—Així, tatatatà, tatatatattatà...

Deixo anar un panteix. Regust de ginebra i vòmit a la boca. Ha encaixat la punta sobre el clítoris. El tinc dur.

—I tots els núvols que havien enfosquit la nostra casa jeuen colgats al fons de l'oceà. Ara lluïm al front corones de victòria...

Vull que es refregui bé abans d'entrar. L'amenaço amb una ganyota. Ell ho sap. Li perdono la petita interrupció.

—Decoren monuments, els tocs que abans cridaven al combat ara anuncien jocs i festes...

Em gira el cos i s'acomoda els fulls sobre les meves faldilles. Segueix recitant. Me l'enfonsa. Ho fa força bé, ho haig d'admetre.

—... i el ritme truculent dels tambors ha cedit a la delícia dels balls i l'harmonia. El rostre fosc i arrugat de la guerra...

Com es deia aquella guerra? La Guerra... La Guerra de les Dues Roses! Això! Abans sí que sabien posar noms a les guerres.

L'Adam em cavalca a ritme de pentàmetre iàmbic shakespearià o del que sigui que estan fetes les rèpliques de *Ricard III*. No perd el ritme, ni el de la polla ni el dels versos, i jo acabo amb la bava penjant, tacant la fusta seca i mil vegades trepitjada de l'escenari.

No em faré actriu ni res que s'hi assembli, i ara. Seria d'una coherència que em fot fàstic només de pensar-hi. Tranquils, papes, tranquils.

Arribo a l'orgasme. I després ho fa ell.

II

—Tu creus que els ensenyen a parlar com filòlegs ressentits?

—I ara —salta la Cristina—. Ja neixen així, amb la cigala a la boca.

El Pavel té una teoria sobre els actors de teatre, però encara és darrere l'escenari i no sé si ens ha sentit. De tant en tant tragina alguna cosa, com si arrossegués un sac, un mort o jo què sé què. Fa cinc minuts que no el veiem.

—Hi ha gent que neix buida com una campana —afegeix l'Adam. Llavors em passa un cigarret. La Cristina té el seu, amb el filtre humit de pintallavis vermell. Fumem estirats a terra.

—No te'ls creus —dic.

—Teatre per a tietes.

—Només per agradar.

—Ho posen taaan fàcil...

Sentim un cop. Després un fregament sec, com el d'una anaconda arrossegant-se entre la pols. És el Pavel, que, literalment, apareix en escena. Du una corda agafada per un extrem i ve directe cap a mi. L'altra punta de la soga es perd amunt entre els cortinatges i les ombres més altes del teló.

—Sabeu com actuen? —fa mentre s'acosta. Doncs sí que ens escoltava—. Com les nenes que imiten les putes sense saber què estan fent.

Ja tenim la teoria. Amb putes i nenes, és clar.

—O com els nens que juguen a la guerra sense saber què és matar o morir, suposo.

—També. Tots som iguals, Sílvia. Dones, homes, homos, fluids o qualsevol grau de qualsevol grau. Tot és fals.

Faig cara de fàstic.

—Tu i les teves paraules inflades i molta...

—Té.

El Pavel m'ha atansat la corda i em demana que la sostingui. M'emprenya que m'interrompi quan pontifico.

—Però no l'estiris fins que t'ho digui.

—Què vols que faci amb aquest coi de cor...

—Espeeera.

Ara s'ha assegut al costat meu i assenyala el fons de l'escenari.

—Jo vaig ser una nena d'aquestes —dic.

—Com?

El Pavel està encantat mirant amunt.

—De les que imiten putes.

La paraula màgica fa que em torni l'atenció.

—Ah sí? I funcionava?

—Tu què creus?

Enrosco un dit al llacet que em penja de l'escot i inclino el cap a un costat. Poso ullets de Lolita, els llavis serrats en un rictus de xucladora. Típic i funcional. Fàcil. Amb una miradeta al paquet del Pavel en tinc prou per sentir-me victoriosa. Ara soc jo qui assenyala amb el dit. Se li ha posat dura com un sabatot.

—Això no es pot fingir, oi?

Ell esbossa un somriure.

—Aquí sí que hi ha química natural —respon, mirant-se el paquet. I quan torna la mirada a l'escenari—: No com la seva, que actuen com si anessin empastillats.

El Pavel no m'agrada del tot, pel sexe, vull dir, però em posa de bon humor veure'l excitat.

—La corda, Pavel. Què faig amb la corda? —insisteixo impacient.

—Estira-la. Ja ho veuràs.

Hi dono una estrebada.

Acció-reacció, neurones, dents, cordes, tot el mateix. Es desencadena un terrabastall de mecanismes i politges, espetecs, xiulets i nusos que cedeixen. L'escenari es transforma. Un cortinatge cau com la fulla d'una guillotina colossal i s'ondula amb solemnitat. El món canvia a cop de roda dentada. Ja no som a les oficines d'aquell *Ricard III* d'executius, hereus psicòtics i cocaïna barata. El Pavel ha canviat el fons. Ara passegem per un paisatge bucòlic, de traços gruixuts i expressius, rugosos, com si estigués pintat a l'oli per un artista dels d'abans. No ho està, és clar. Però jo me'l faig així, amb textura, real.

El contemplo. I m'hi veig.

Sobre un turó ple de pins i matolls s'alcen dues torres en ruïnes. Amb prou feines s'intueixen els merlets, però me'ls imagino perfectament. I jo soc allà, sempre dalt d'una ruïna, recolzada entre els blocs de pedra, sobre l'abisme, amb l'aire fred mossegant-me les galtes i esguardant la vall amb menyspreu. Em cobreixo amb una caputxa fosca —pinzellada negra—, embuatada amb pèl de llop, o d'os, o de qualsevol animal amb ullals. L'hivern del nostre deshonor... Una paret uneix les torres i dibuixa un passadís de roca esquitxada d'herbots i espigues. El ritme truculent dels tambors... Entro dins la torre i en surto més avall. Emergeixo per una porta ombrívola que condueix directe al mur. Terra de llambordes perfectament encaixades, amb la brillantor de la humitat com una suor de gel. Camino ben dreta, amb passes curtes i la mirada contra un firmament que sempre fa de límit de tot. Els núvols i el perfil de les muntanyes es fonen en una cicatriu que tanca el cel i l'ofega. Mig paisatge pertany només al cel. Jo no pertanyo enlloc.

—Les vistes des de l'interior d'un crani —murmuro.

—Veus. Sabia que t'agradaria.

M'he incorporat. Una calada al cigarret. Fum de tabac i ulls que busquen.

—Ei, mira! —exclama la Cristina—. Si també hi sortim nosaltres.

Es refereix a dues barques amb dues parelles que solquen l'estany al peu del turó del decorat. Una parella està estirada dins l'embarcació més propera; la noia treu el braç per la borda i enfonsa la mà amb el gest d'una Ofèlia mandrosa. A l'altra, una segona noia, pintada amb pinzellades ràpides, sosté un para-sol blau amb llacets. El noi que l'acompanya rema cap a les torres.

—En tinc un d'igual —afegeix la Cristina, referint-se al para-sol. Llavors llença la burilla, que dibuixa una paràbola d'ambre encès fins a terra.

El Pavel s'aixeca per apagar-la immediatament.

Dos girs de peu, com si l'escanyés. La Cristina se'l mira i nega amb el cap.

—Però si l'he llençat a l'estany, burro!

Ell no li respon i torna a seure.

—On és aquest lloc? —pregunto.

—No ho sé —respon el Pavel.

—Potser no és cap lloc.

L'Adam ha pronunciat la frase com si hagués fet una revelació transcendent. Tots l'ignorem. Després de follar no acostuma a estar gaire lúcid i la gesta dramàtica d'abans l'ha deixat força apagat.

Quatre joves, dos nois i dues noies, estirats en un escenari buit després d'una obra de teatre ridícula. Tots tenim molt cregut el nostre paper. També sabem que penja d'un fil. El Pavel m'observa. Sempre que pot m'observa en silenci, com un pervertit d'aquells que miren per un forat, tot i que no ho és, un pillat d'aquests. La Cristina s'encén un altre cigarret. L'Adam s'estira i es recolza amb les mans creuades sota el clatell, també com si ho fes amb una pinzellada. Encara deu tenir el meu regust entre les cames. La meva Ofèlia de les barques. Sí, tot penja d'un fil, d'un maleït fil. I jo només desitjo mossegar-lo i estripar-lo, arrencar-lo d'una vegada pet totes com una mare salvatge esventra el cordó umbilical dels seus cadells.

—Vull saber què creix a les ruïnes —murmuro. Fa estona que em grato el dors de la mà.

Sé que el Pavel, ara sí, m'ha sentit perfectament.

Després d'estar amb els pares m'he quedat... Bé, com em quedo sempre després d'aquestes reunions: amb ganes de dormir, de desconnectar, de no fer res, de tapar-me els ulls, de xarrupar morfina. Si fos prou espiritual diria: Amb ganes de seure i meditar. Però no ho soc gens, d'espiritual. És tan sols un sisplau apaga i que s'acabi tot. Tornem a començar, de zero. Si això fos possible...

Pip-pip.

El missatge fa pampallugues a la pantalla, sol i sec, com tots els missatges.

«Ja t'has llegit el que t'he enviat?». El Pavel, altre cop.

Tot d'una en segueix un altre: «Perquè he trobat una cosa millor». Hi ha un nou adjunt. Se m'acumula la feina.

Abans de descarregar «la cosa millor» obro la pàgina que m'havia enviat abans de dinar i busco el punt on ho havia deixat. Segueixo les lletres amb un dit. L'ungla llisca per la pantalla fent soroll de dentetes de rosegador. *Allò que viu i té la gosadia de voler prevaldre... Blocs de pedra esmicolats... Paraules gastades... Només en quedés el so i el silenci...* Aquí!

Agafo aire i continuo en veu alta, a dues veus: la que llegeix —diuen que soc bona oradora— i la que em parla dins el cap, sempre amb més ganes de fotre i frustrar-me una mica. *La fascinació per les ruïnes no respon a una consciència de derrota, o no només això.* —Si només fos això—. *Concebre l'admirador d'un castell abandonat com un existencialista prematur seria una simplificació.* —Ai, nena, per què et queixes per tot? (la veueta de la mare). Sílvia, quan assumeixis més responsabilitats... La manera de ser no canvia, nena, però el caràcter sí. I jo, per dins: Però que no sap que la manera de ser i el caràcter són el mateix?—. *La mirada que es perd esbalaïda entre la mudesa de les ruïnes és la mirada de l'ànima que descobreix la llibertat, la que no s'aferra i entén que res no és etern, que cap cosa no ho és.* —Només vull dormir. O millor encara: que dormin tots i que només hi sigui jo—. *Descobreix-hi la representació d'un univers diferent al de l'home comú. És el món ampli, profund, que no es deixa copsar del tot...* —La cacera de l'abisme—. *Allò que es troba a les ruïnes no té nom...* —L'Adam: No entenc per què t'agraden les cases abandonades i no els cementiris. La meva resposta, que li he hagut de repetir mil cops: Nen, a veure si ho pesques d'una vegada: els cementiris són intenció, el súmmum de l'arrogància—. *Allò que es troba a les ruïnes no té temps* —somric—, *ni vida. I la mort és un eco.* —Un eco, sí, un fotut eco, dotzenes d'ecos, diria jo. El cant coral, el teatre per a tietes, els meus pares, la sinceritat per davant de tot, l'escola i el seu exèrcit de mestres, s'ha de ser puntual, la fortuna i les-mines-de-carbó-que-t'han-donat-tot-el-que-necessites, la Marga, l'etern farem tard, comentaris satisfets a la sortida del teatre, *small-talk*, els homes que persegueixen dones, les dones que busquen perseguidors «de qualitat»...

Puaggg. Calleu tots! Calleu d'una puta vegada, que intento llegir!

He arribat al final de la pàgina. M'aturo. Respiro. Obro l'altre adjunt, la «cosa millor» que m'ha assegurat el Pavel. També és el paràgraf d'un llibre, d'un altre llibre, però. Porta per títol *Les dones, la mort i el diable.* És una mena d'assaig novel·lat, una cosa rara, intel·lectualeta. Segur que l'autor deu ser un home, però li perdono si el que diu està bé. Ara llegeixo per dins, en silenci: l'única manera de fer callar el món i totes les seves veus.

La nostra amiga, que ha viscut fins ara sota la vigilància dels homes i de les seves lleis, troba en la calma del bosc la pau que no té a casa. Passeja entre els arbres, que coneix millor que els seus propis fills. Acarona les escorces, es despulla per sentir les agulles dels pins. Entre les ombres descobreix l'esquelet d'una antiga abadia, i la flor blava, monstruosa, minúscula també. Conté l'elixir de la mort. Somriu. La càrrega aspra i dura d'aquest món inintel·ligible, per fi, ara sí, s'il·lumina als seus peus.

Quan aparto la vista del mòbil no s'ha il·luminat res als meus peus. Els tinc menuts i blancs, amb els dits petits una mica encorbats com un bec de lloro. Vaja, com sempre. Peus prosaics. Ni espiritual ni il·luminada, però sí que estic més tranquil·la. Una coïssor naixent em fa arrufar la cara. Tinc l'avantbraç ple d'esgarrapades i la pell encetada. Vetes vermelles solcant la llet de la meva classe. M'he llegit el fragment d'una tirada, pràcticament sense respirar i amb el cor a ritme de nedadora professional. Podria haver caigut el cel i jo com si res. Com un orgasme. O una visió. Bé, potser exagero, que ja he dit que d'il·luminada res. Sigui com sigui, sento que s'ha obert un camí davant meu, com una corda on fer equilibris —aquest cop, Pavel, l'has encertat—, i no m'ho aigualeix ni la imatge de la Marga, que ja m'imagino què dirà demà al matí quan em vegi: Ai senyoreta, però com s'ho ha fet, això? Hauria d'anar amb més compte, senyoreta. L'hi hauré de dir als seus pares. Ai, si jo tingués la seva pell...

III

Allò que deia: acció-reacció, un clac de dents, afinitats elèctriques, neurones que s'enrampen, el xoc dels àtoms en la seva diviníssima caiguda lliure. Si és que tals coses existeixen.

—Papa, hi ha ruïnes a prop? Ruïnes antigues, vull dir.

—Mmm... Hi ha la Torre de Bona Guàrdia. Si mal no recordo data del segle XII. És un lloc amb encant... —Desconnecto—... quan era petit hi anàvem amb els amics, tot un dia caminant per... —Encara off—... des de la torre es pot veure la punta de Caps i si hi puges... —Nooo—... l'autobús que passa per Caudellops t'hi deixa a prop i només has de caminar mitja hora.

—Mitja hora dius?

—Sí. Abans tot el camí s'havia de fer a peu, una bona caminada i...

Toca la repetició.

—Mama, li pots demanar a la Marga que busqui el *walking dress* de color rosa? El necessito per a aquest dissabte.

—On vas?

—D'excursió, amb la Cristina.

—Aneu soles?

—Preferiries que hi anéssim amb nois?

No m'espero que respongui.

Papes satisfets. Sortida programada. Però també m'embafo de cites i versos. No es tracta només de... com ho diria... de la «invocació». És que necessito llegir per mantenir la tensió, per nodrir-me i no decaure. Reuneixo descripcions botàniques: *Arbust de tiges curtes i estriades. Fulles ovals. Pètals simètrics.* Acumulo notes amb arabescos químics: *Neurotòxic, hepatòxic, nefrotòxic, alcaloide, fitotoxina*... I llegeixo llibrets de poemes, és clar. El meu hàbitat natural. Furgo els estants de la biblioteca dels pares i recupero petites joies de pols i paraules. Els millors poemes, els que em commouen, els aprenc de memòria, com un credo:

Quilòmetres amunt, on el coratge del riu s'apaga en grisos i ombres, allà s'alça la meva abadia. —Per què coi no tenim abadies aquí?—. *Només coneixen el camí el llauner i l'ambulant* —els meus solitaris—, *i aquells que de la seva pau n'han fet tomba, recer, oblit i amplitud secreta, la visiten en dies de boira i tempesta.* —I el millor vers, el que em ressona més—: *Morir entre les flors, bevent-ne el nèctar letal a poc a poc. Sentir que la vida es perd entre fulles i pedres que ja no se sostenen, que han perdut el centre.*

Sense centre. Tiges curtes i estriades. Flors que maten. Neurotòxic. L'ambulant i el col·lapse del sistema nerviós. Tot plegat el meu castell de cartes particular, fràgil, el més ruïnós de tots, però que em manté encesa amb el mateix foc que tenen les esgarrinxades que em faig. Ara toca espavilar-me sola. Sempre estàs sol quan arriba l'hora de la veritat. Perquè el Pavel i l'Adam s'han ben fos, els molt cabrons.

Fa dos dies, el Pavel:

«Què vols?».

«Pavel, no m'has trobat més pàgines?».

«Perdona. Ara estic ocupat. Necessito centrar-me en la tesi».

«He descobert un llibre de bruixeria, parla de la flor blava».

«Molt bé».

Molt bé? Quina merda de resposta és aquesta?

«Va. No et molesto més. Fes, fes. Estudia».

«Tu no molestes».

Sí, és clar, «Tu no molestes», però la conversa ja s'ha trencat.

El Pavel també es repeteix, a la seva manera.

I l'Adam? Pobre Adam. Aquesta setmana m'haig de tancar i preparar-me per l'examen d'admissió, em diu amb veu de nen castigat. És sexual fins i tot així, el malparit. Vol entrar a una universitat d'aquestes de senyors on només admeten nois i tots acaben mig homosexuals. Ell que té la sort que li agrada tot encara me'l tornaran maniàtic. Sí, pobre Adam.

Pavel fora. Adam aïllat. Dos que es despengen de la cadena. Però jo no m'aturo. Ja gairebé ho tinc tot.

—Marga, el vestit està a punt?

—L'he deixat sobre el seu tocador, senyoreta.

—Prepara'm les botes de caminar. Les marrons.

—Sí, senyoreta.

I quan ja es retira:

—Marga, espera! —El cop de gràcia, la culminació de totes les línies escrites als peus d'abadies i castells abandonats. Neurotòxic!—. El diumenge faré jo el dinar —anuncio amb solemnitat—. Informa el servei que a partir de les onze vull la cuina només per a mi.

La Marga recull la llista d'ingredients que li allargo i fa una petita reverència abans de retirar-se. Oh que burra, Déu meu! Més burra no neix. I totes les peces que encaixen. Una darrere l'altra: espetec de dents, rebot d'àtoms, amplitud secreta...

La finestra de l'habitació és oberta de bat a bat. Un aire fresc circula per la cambra i em porta els sons de l'exterior: converses dels vianants, cotxes, algú que crida la Marga de males maneres, un telèfon, un porticó que espetega, les campanades de la parròquia de Santa Maria de no sé què. El dissabte les campanes sempre em semblen carregades d'un repic propi, estrident. Potser és el capellà, que s'hi penja amb més ganes ara que té el diumenge a prop. Són les nou en punt i la Cristina m'espera al rebedor. Sempre és molt puntual també. L'autobús surt a dos quarts de deu.

Dreta davant del mirall, a punt de marxa, m'envaeix un d'aquells moments que els francesos tant els agrada anomenar amb paraules que fan venir ganes de fotre's un litre de vi i després obrir-se les venes de dalt a baix: *nostalgie*, *ennui*, *spleen*... Potser sí que res no és real. Potser vivim en un somni que no va enlloc. És tan fàcil girar-ho tot de dalt a baix, capgirar-ho com un mitjó. És clar que potser només és real precisament això: que ho pugui fer i desfer tot. La força de la idea fixa, de l'obsessió. Algú va dir que si dubtaves de la realitat donessis un cop de peu a una pedra ben grossa, que ja veuries com n'és de sòlida. El meu pla és la meva pedra.

—T'has posat el vestit rosa! —exclama la Cristina. M'ha vingut a buscar a l'habitació.

Ella du un conjunt molt a la moda. I una mica atrevit, com diria la meva mare si el portés jo. És un vestit de color groc, sense enagos ni cosset, amb una faldilla que deixa al descobert el calçat i els turmells ben a la vista.

—N'haig de comprar un com el teu —certifico.

—Ja ho veus. —S'aixeca la faldilla—. Només culot i brasier.

Ric.

De seguida comprovo que la idea que té la Cristina de fer una sortida per la muntanya és la d'anar a fer un pícnic. Jo ni hi havia pensat, en el menjar. M'ensenya un cistell ple de formatges, vins, embotit i una barra de pa acabat de fer del forn que hi ha al costat de casa!

—Culot, calces, brasier i prou menjar per subornar un batalló napoleònic! —exclamo.

—I para-sol.

Doncs no s'ho havia inventat: sí que s'assembla al del paisatge del teatre.

Li faig un petó i sortim agafades de la mà. No tinc necessitat d'acomiadar-me dels pares.

Un flirteig mínim és suficient perquè el conductor del cotxe de línia ens deixi una mica més a prop de la Torre de Bona Guàrdia. Per vosaltres faré aquest sacrifici, diu, amb un somriure de dents negres de mastegar tabac. I jo: Si ja t'ho deia, Cristina, que a més de guapo era atent. I la Cristina: Quan arribem a dalt de la Torre pensarem en tu. I l'home, que es diu Tomàs o Tomeu o Amadeu o de cap d'aquestes tres maneres, es frega les mans al pit de l'armilla com si les preparés per fotre'ns mà. Promet passar a recollir-nos d'aquí a sis hores i se'n va.

No m'he fet il·lusions, sé que som rates de ciutat. Rates de biblioteca, de ciutat, una mica de claveguera, tot el mateix. Però no puc negar que la naturalesa encara desperta alguna mena de record atàvic, de quan les coses devien estar bé i no calia haver de pensar gaire i encara menys parlar. La natura em treu la mandra, vaja. O la fa menys pesada. Amb tot, és la Cristina qui es posa al capdavant i enfila les pujades com si ho hagués fet tota la vida. De tant en tant s'atura, em mira per sobre l'espatlla, fa girar el para-sol com una actriu de cabaret i somriu. Jo, en canvi, no paro d'esbufegar i aprofito les pauses per contemplar el cel, per mirar-me'l cara a cara. Estic amarada de suor.

La vall s'ensota darrere nostre a mesura que pugem i la Torre es distingeix entre les capçades dels pins. *Quilòmetres amunt, on el coratge del riu s'apaga en grisos i ombres...* Quan hi som més a prop els mateixos pins l'oculten i la fan recular, una mica com l'horitzó, que sempre fuig. Sovint m'imagino l'horitzó en masculí, i no em refereixo al gènere de la paraula. Els boscos, en canvi, són més dones, com les pedres i la molsa. Més reals també. Com la Cristina, que està preciosa amb el vestit curt i aquesta forma ingènua i deliciosa que té de sostenir el para-sol amb una mà i el cistell a l'altra. Crec que me l'estimo precisament per això, perquè és transparent, guapíssima, i té un caràcter que arrodoneix les arestes de les coses.

Triguem gairebé una hora a pujar. I quan ja som a dalt, la Torre, dreta, ens rep oberta i solitària, *amb les cicatrius del temps a la vista*, com ha de ser. Sí, un altre vers. N'he portat un fotimer, per recitar-los en el moment just. Paraules, sons, frases per a cada instant. *Passeja entre els arbres*, *Acarona les escorces*, *Per sentir les agulles dels pins...*

Deixem els vestits penjats d'unes branques i els mòbils dins les fundes, lluny d'insectes i humitats.

—També he portat pomes —anuncia la Cristina de sobte.

Me n'ofereix una. Menjo. Tenim temps de tastar la fruita, el pa i una mica de tot el que ha dut. Les restes les llencem enllà, festí per a formigues i llimacs. Després vagaregem per les ruïnes, les explorem i ens esmunyim entre *els seus blocs de pedra esmicolats*, com si fóssim nosaltres els fantasmes, i no els seus antics habitants. Tenim un matí, tot el temps del món: per dormir juntes, per taral·lejar melodies, per burlar-nos de tothom, per explicar-nos històries, tocar-nos i estirar-nos entre el sol i la molsa. Follar i llegir: el cercle perfecte. Més tard, quan ja fa dues o tres hores que hi som, se'ns empassa aquella calma feta d'espai que a vegades tenen els boscos i les muntanyes. És llavors, amb la Cristina mig endormiscada sota un roure, que aprofito per allunyar-me i caminar sola. Contemplo el vol d'ocells que no havia vist mai. Em remullo els peus en un rierol. Intueixo animals que no sé si hi són. Lliure i apartada, recupero el que he vingut a fer. Sí, *Els tambors de guerra*, la de les Dues Roses i de totes les guerres que han trinxat cossos des que tenim ús de raó. Invoco els sons que necessito, com un ritual indi, i els recullo en silenci, amb calma nua, poètica dirien alguns: *flor petita, neurotoxina, fulles ovals, de color blau. Només creix a les ruïnes.*

Quan cau la tarda refem el mateix camí que hem fet el matí. Arribem una mica tard a la cita amb el cotxe de línia, però el conductor ens ha esperat tot i les queixes dels viatgers. Sabem què voldrà a canvi i el recompensem seient al seu costat, ben arrapades.

Un parell d'hores més tard m'acomiado de la Cristina. Ha marxat cap a casa amb el para-sol tancat i aquella carona que té de Quin dia més maco que hem passat! Els peus em fan mal. M'estiro al llit. Me n'oblido, d'ella. Que descansi. Demà és diumenge. El dia dels grans dinars, de la família, de Déu, la llei i de dir la veritat i només la veritat. Un dia per passar comptes, cada setmana. La cita amb tap-tap repetitiu de «l'home comú».

L'endemà, a la sala d'estar:

—Nena, ahir vas anar directa a l'habitació i no ens vas dir res.

—Estava cansada.

La mare no insisteix. Els diumenges sempre adopta una pàtina de vegetal: la dona que es limita a esperar que el sol faci la seva volta sencera. A les nou en punt llevar-se i toaleta; a les deu esmorzar a la terrassa (només es fa els diumenges això de menjar a fora); a les onze preparar-se per missa; a la una, ben resada i hostiada, tornar a casa, seure a la saleta, un te i esperar el dinar mentre el gran astre segueix el seu curs silenciós. El pare, que no és tant de capellans, aprofita el dia bàsicament per fumar cigars. Només ho fa el diumenge, això dels cigars, perquè si no, Càncer de gola, senyor Valldaura, càncer de gola, el va advertir el doctor fa un parell d'anys.

Ara són gairebé les dues. Ja ho tinc tot preparat. Tinc els actors, l'escenari i l'atrezzo.

El servei està acabant de preparar la taula. Dringadissa de coberts —els de plata— i passes amunt i avall: el camí mil vegades trepitjat per la gent muda d'uniforme sota les ordres del nostre implacable pingüí Andreu, majordom de la família. El pare esclafa l'enèsim havà, plega el diari meticulosament i el deixa sobre la tauleta. És el senyal d'anar a dinar. El guió segueix el seu curs.

—Escolta, Sílvia. —La mare ha fet cara de sorpresa, com si el pensament que està a punt de compartir li hagués acabat de florir dins el cap—. És veritat això que m'ha dit la Marga?

Jo aixeco les celles. Cara d'esquirolet innocent i curull de gràcia. «Curull», quina paraula.

La mare acaba la frase:

—De debò que has fet tu el dinar?

—Sí, mama.

El pare alça la vista i somriu. S'anava a aixecar però

s'interromp a mig fer i se'm queda mirant amb una expressió divertida als ulls. Ja té dents de vell.

—Què dius ara? —pregunta.

Que què dic?

—Ja veureu. Ho he fet tot jo —dic.

—Mira que bé.

—Què us pensàveu? Que perdia el temps a les classes de cuina?

—Però no ho havies fet mai, això.

—No estava preparada.

Tots dos s'aixequen, ara. Falta un minut exacte per a les dues.

—A més —afegeixo—, ho he condimentat amb unes herbes que vaig collir ahir. Especialment per a vosaltres.

El pare va al capdavant i ens fa passar al menjador. I quan encara no hem segut a taula, disparo:

—I no us ho acabeu tot, eh! Que en quedi una mica per a la Marga.

La mare:

—Ai, mira que ets considerada.

El pare:

—Pensar en els altres està molt bé, però...

Desconnecto.

Gir final de guió:

Només em sento una mica viva quan tinc un os entre les dents, quan estic de cacera. Allò que diuen de la generació perduda, suposo. Però encara és millor, immensament millor, si a més puc destruir el terra que trepitjo, cremar-ne els fonaments, triturar-lo i fer-ne ruïnes; sense noms, sense epitafis, tan anònimes com les muntanyes.

—Va, papes, seieu i mengeu! Que ja són les dues.

Un bon cop de peu a la pedra i que tremoli tot.

1986

Recordeu els anys vuitanta? Ja sabeu què vull dir, l'època a tot color de les muscleres i la cocaïna, quan la sida estava en plena forma, el capitalisme havia instaurat el *reich* dels mil anys i els dolents oficials eren els soviètics i els moros, en aquest ordre. Suposo que heu fixat bé el focus mental, oi que sí? Perfecte.

Doncs bé, a mitjans dels vuitanta jo anava fent. Vivia, sobrevivia, no he entès mai gaire la diferència entre una cosa i l'altra. El cert és que en aquella època estava en plena transició entre la pubertat i l'adolescència. Però tranquils, que això no anirà de sexe. Cap trauma en aquest sentit: em masturbava, gaudia dels desplegables centrals de les revistes, i les noies —o nenes— eren una cosa intangible i fantasmagòrica que es movia a la perifèria del món. Perquè ens entenguem: a la meva classe érem quaranta-un, trenta-set nois, quatre noies, i només una que ens semblés mínimament guapa, i és clar, també era la que ens fotia més por. No tindria gaire sentit que aquest relat anés de sexe. Gens. L'amor ja ni l'anomeno. De soviètics i de moros? Doncs tampoc. Ni tetes ni polles ni homes dolents, res de tot això. No us ho diré encara, quin tema ens queda, però sí que faré una puntualització: per a aquells avesats a les noves sèries que creguin que els vuitanta van ser uns anys de misteris, cases tenebroses, nens amb motxilles i bogeries paranormals, lamento desenganyar-vos, aquest tampoc no serà el tema. Ni de lluny, crec.

Tot comença a la consulta d'un psicòleg. Res més banal, o més gris en tot cas. La meva mare hi ha anat, no per ella, és clar. Només parlen de mi. Jo soc el problema. El nom del psicòleg no el recordo perquè és irrellevant. El nom de la mare sí que el sé, però usar-lo seria igual de nul. Simplement no és necessari.

Preparats? Sí? Psicòleg, mare, consulta... Un despatx consistent i professional: mobles de caoba, foscos, massissos, llibres tècnics als prestatges, alguns en anglès, un quadre pretensiós penjat al fons, dues fotografies familiars plenes de rialles sobre la taula... Ho teniu?

Doncs ja fa una estona que xerren.

—Doctor, el nen ha tingut sempre de tot, sap? —diu la mare.

L'home darrere la taula —el psicòleg— intenta interrompre-la, però la vehemència de les paraules de la mare no l'hi permet. La mare sempre parla de pressa.

—No li ha faltat mai res —continua—. I mai no m'ha donat cap problema. No és d'aquells nens que els has d'estar a sobre. Treu bones notes i es porta bé.

Sempre s'entreté sol. I jo, és clar, no volia venir al metge, sap?, però el meu marit ha insistit.

—Psicòleg —diu el psicòleg aprofitant un segon de pausa.

—Com?

—No soc metge, soc psicòleg.

—Ah, bé.

El psicòleg somriu. Ho fa sense llum als ulls, tan sols dibuixa la ganyota mentre fa voltar un bolígraf que sosté pels extrems amb les dues mans. Ja ho sé: jo no hi era quan passava tot això i us preguntareu com sé que aquell home no tenia llum als ulls i tota la pesca del bolígraf, però va ser així, us ho asseguro. Continuem.

—Crec que a l'escola també tenen un psicòleg —fa la mare, evasiva.

—Ahà. I ha parlat amb ell?

—No ens han avisat mai.

—I vostè creu que no era necessari venir i el seu marit sí? Per què pensa que el Josep està tan preocupat?

—És l'únic fill que tenim. —La mare acostuma a dir veritats òbvies quan se sent qüestionada—. Jo crec que sent intel·ligent com és —afegeix—, no ens hauríem de preocupar tant, oi? Vull dir que només són coses de nens, i els nens tenen molta imaginació.

—És clar. I és bo que en tinguin.

La mare assenteix. Aprofita per examinar-se les mans. Les obre i estira molt els dits: ungles llargues, vermelles, dits rabassuts. Aquestes mans encara les somio ara i en conseqüència les podeu considerar un detall estricte i vertader.

—El seu pare és un home molt exigent. Ja sap com és el Josep... El Josep m'ha dit que es coneixien.

—Sí, i tant, vam estudiar junts de petits.

—Això, sí. De petits.

—Sí, anàvem a la mateixa escola.

—Ahà. Doncs el Josep és un home molt exigent, ja ho sap. No és que sigui rígid, té un cor molt gran, però també té molta feina i el Pau el té capficat.

El Pau soc jo.

—N'està molt pendent? Li exigeix molt?

—No, no, al contrari. El Josep té molta feina. —La mare també es repeteix quan es posa nerviosa—. I ja li he dit que el nen treu bones notes i no és gens problemàtic. Ja sap com són els nens d'ara, a vegades poden ser molt pesats però el nostre no ho és mai. Ho veig amb les meves amigues: sempre nens esvalotant pertot arreu i demanant sense parar. A casa no som així. El nostre noi no és d'aquesta mena, gens ni mica! Ni se'l nota. Sempre està jugant amb els seus soldadets. Fa unes coses...

—Però m'ha comentat que sempre ha tingut de tot.

—Sí. Els millors metges, la millor escola, té totes les joguines que vol. Li vam comprar un ordinador, però no li fa gaire cas. No li falta de res, al Pau. És una mica llepafils amb el menjar, sempre bistec amb patates i amanides, però menja bé, no es pensi. De fet no es posa gairebé mai malalt.

El psicòleg anota alguna cosa en un full que té sobre la taula. És el primer que escriu a banda de les quatre dades protocol·làries inicials (nom, edat, situació dels pares, aquesta mena de coses). Tot seguit es torna a dirigir a la mare. Ara fa anar el bolígraf com una batuta.

—Miri —comença—, a vegades, en aquesta edat, als nens els va bé que els collin una mica. Estaria bé que comenci a decidir-se sobre què vol estudiar de gran, que tingui una direcció més clara. Posin-li feines. Que no tingui tantes estones per perdre el temps. Em diu que no es posa mai malalt però m'ha semblat detectar certs indicis d'hipocondria. Cal estar-hi una mica més a sobre. Només això. Orientar-lo i...

—Ho fa tot molt bé —l'interromp la mare. Una altra veritat òbvia, segons ella—. A vegades penso que és massa bo i tot.

—Sí, és clar que sí. Per això cal aprofitar la seva intel·ligència. Miri, farem una cosa. —El psicòleg es queda pensarós i escriu quatre gargots al full—. Li lliuraré unes feines que poden ajudar molt el seu fill, per encarrilar-lo, li sembla bé?

La mare fa que sí.

—Coses que poden fer a casa tots junts —afegeix. Escriu alguna cosa més—. Perfecte —diu—. I ara m'agradaria parlar amb el Pau.

—És clar. —La mare s'incorpora. I mig dreta i inclinada sobre la taula, deixa anar unes darreres paraules molt dignes de transcriure—: Però es posarà bé, oi? No m'haig de preocupar.

—I tant que estarà bé! No s'ha de preocupar de res. Això ho tindrem ben controlat a partir d'ara. Estigui tranquil·la.

Bé, doncs això, ara ja sabeu qui soc. Teniu tot el que necessiteu. El nen es diu Pau, és intel·ligent (o això diuen), té de tot i els professors en canten les glòries, no molesta gens, té molta imaginació, juga amb soldadets i fa unes coses... Té futur d'hipocondríac, bistec amb patates i amanides, no es posa mai malalt però perd molt el temps. No se'l nota. El nen només està desorientat. Ningú no s'hauria de preocupar. Tot controlat.

Tot en sis línies, si les hagués escrit el psicòleg al seu DIN A4.

Ara soc jo qui seu al despatx. Encerclat pels mobles de caoba. Estil ranci, monàrquic, com els de casa. El psicòleg acomiada la mare mentre m'assec i després torna vorejant la taula. Recull el bolígraf i pren unes notes ràpides amb pols de metge. Jo espero.

—Hola, Pau.

—Hola.

—Et sembla bé si xerrem una estoneta?

El Pau (jo) arronsa les espatlles.

—La teva mare m'ha dit que no t'agrada gaire l'escola.

El Pau fa que no amb el cap.

—No t'agrada?

—No. No gaire.

—I com és això?

—No m'agrada.

—Ah, no? No t'agrada cap assignatura? No t'agrada estudiar?

—És que no s'hi està bé i... —El Pau s'atura. Plega el llavi inferior i se'l mossega—. M'agrada una mica Naturals, però només quan va d'animals i planetes.

(Abans el llibre de Naturals incloïa física, química, biologia i alguna cosa més que no recordo.)

—I res més?

—No. Una mica la Història.

—Ahà, la Història és molt interessant. Hi tens amics, a l'escola?

—Sí.

El psicòleg apunta alguna cosa.

—A ells tampoc no els agrada gaire —diu el Pau aprofitant el silenci.

—Tampoc? —fa l'home sense alçar el cap encara.

—No.

Se sent el tic-tac d'un rellotge. El Pau ja s'hi havia fixat abans però ara en detecta l'origen: una caixa gran, amb una mena de columnes platejades als costats que semblen trofeus i la rodona dels números petita al mig. És a la lleixa de dalt de tot, darrere el psicòleg, a tocar d'un llibre gruixut de llom vermell. Aquest també és un detall estricte i vertader.

—Convides els amics a casa teva o jugueu al carrer? —continua el psicòleg.

—Venen molt a casa. A vegades també vaig a casa seva.

—Hi estàs bé, amb els amics?

—Sí.

—I a casa?

El Pau medita la resposta. Incomoditat.

—La mare és com és. Amb el pare, bé —respon.

Ulls sense llum.

—Els teus pares es preocupen per tu.

—Sí —fa el Pau.

—Ja m'han dit que ets molt bon estudiant. Explica'm, quina carrera vols estudiar?

—No ho sé. Però no crec que ho sigui tant.

—Com?

—Bon estudiant. No crec que ho sigui. No m'agrada.

—I què t'agrada?

—Jugar.

—Normal, a tots els nens els agrada jugar.

El Pau es pregunta si això és veritat, però es guarda el dubte, per por. Nou fet verídic. De fet encara ho faig, això d'amagar pensaments aparentment innocus.

—I juguen amb tu, els teus pares?

—El pare a vegades.

—Això està bé.

El psicòleg torna a escriure alguna cosa. Ja ha omplert més de mitja plana del DIN A4 amb la seva lletreta illegible. Mitja plana d'anàlisi i pensaments interessants. I ho sé, és possible que a aquestes altures ja us piqui la curiositat per saber què carai deu estar escrivint i penseu que ara us ho explicaré. Però no, no ho faré. No tinc ni la més remota idea de què devia anotar aquell bon home. No ho vaig saber llavors i no ho sé ara. Més informació innecessària, suposo. Seguim? Sí? Doncs pareu bé l'orella perquè el rellotge repica amb impertinència i el tic-tac es mescla amb el so del bolígraf ballant sobre el paper. Això és tot el que ara heu de tenir al cap: tic-tac, tic-tac, i poca cosa més.

El psicòleg aparta la vista del full, es reclina a la butaca, sosté ben dret el bolígraf (que el Pau ja comença a odiar) i llança la mirada endavant.

—Ara m'agradaria que m'expliquessis com és el teu dia a dia —proposa—. Què fas? Et lleven els pares? Ho fas tu sol?

—Depèn. Els caps de setmana em llevo sol.

—I llavors què fas?

—Llegeixo al llit.

—Què més?

El bolígraf rasca el paper.

—Esmorzo. L'àvia me'l fa. I després vaig a jugar.

—Jugues molt a casa?

—Sí.

—I quan fas els deures?

—No sé... El dissabte no en faig mai.

—Ah no?

—El diumenge ho acabo.

—Ahà. La teva mare m'ha dit que t'agrada molt mirar la televisió.

El Pau entretanca els ulls, com qui sospita i desconfia i preferiria no respondre. Tic-tac, tic-tac... Després respon que sí, que li agrada mirar la tele, sobretot pel·lícules.

—Quantes hores al dia la mires?

—Tres... potser quatre.

(Ja us podeu suposar que aquesta dada va directa al DIN A4.)

—I on jugues?

—Al garatge.

—Només jugues al garatge?

—Gairebé sempre. A vegades a l'habitació, o al menjador si no hi ha ningú.

—A l'habitació també hi jugues?

—Sí.

El psicòleg aixeca la mirada. Se li veuen els ulls emmarcats per tots aquells volums gruixuts que pengen dels estants. I el tic-tac, i els mobles monàrquics, i les rialles dels retrats... Tot seguit, amb total naturalitat, pregunta:

—I és llavors quan et parlen les joguines?, a l'habitació?, quan estàs sol?

Podria deixar un espai en blanc aquí. Ja sabeu: el típic espai per separar paràgrafs, un silenci significatiu, un moment de temps dilatat, una interrupció estratègica. I tot per fer entendre que hem arribat a un punt fonamental del relat, que això que acaba de sortir a la llum és *la qüestió*, aquella que sempre busquem quan ens expliquen una història i que jo (el Pau gran) us tenia ben amagada. El gir narratiu quedaria reforçat i us donaria temps per reordenar les idees: ostres, el Pau (el petit) sent veus, les joguines li parlen, vaja!, què li passa a aquest nen? Amb raó la mare l'ha dut al psicòleg.

Com deveu haver notat no he deixat cap espai en blanc. El Pau té una resposta i no vol esperar cap interludi.

—Les joguines no em parlen —diu.

La mirada del psicòleg s'aguditza. Però és un home entrenat i sap què ha de fer.

—I amb qui parles a la teva habitació? —pregunta.

—No sé, amb tothom, suposo.

—I quan no hi ha cap persona?

El Pau prem els llavis; les comissures plegant-se endins. Ja l'havien advertit que li podien preguntar això.

—Parlo amb els animals —acaba responent.

De fet havien estat els mateixos animals qui l'havien previngut.

Ara ja era massa tard per fer-se enrere.

El psicòleg ha deixat d'escriure i es mira el Pau amb un somriure amable, calculat, d'anys de saber fer. El rellotge de les columnes platejades governa sobre seu, des del lloc elevat que ocupa. Indiferent, intocable. Tic-tac, tic-tac.

—I quina mena de coses et diuen, els animals? —pregunta l'home a la fi.

El Pau mira a banda i banda. A la dreta veu un llum de peu que inclina la pantalla verda sobre dues butaques. Està encès.

—Allà no hi ha ningú assegut —diu el Pau, mirant el racó de les butaques.

—No.

—Hi ha el llum encès.

—Vols que l'apagui?

El Pau arronsa les espatlles. I tot seguit, repeteix:

—Si no hi ha ningú...

El psicòleg deixa el bolígraf creuat sobre el DIN A4, s'alça i es dirigeix al racó. Se'l sent respirar. Amb un gest pausat agafa el cordill del llum, l'estira i la bombeta s'apaga immediatament fent un clec sec.

Quan encara no ha tingut temps d'acomodar-se de nou a la cadira, el Pau l'interromp amb una frase a mitja veu:

—Als animals no els agrada que parli d'ells.

—Ah, no?

—No es refien de les persones. —I llavors, com si s'excusés—: És que són animals salvatges.

—De veritat?

El Pau assenteix amb el cap.

—I quins animals són?

—En tinc molts.

—Molts? I com es diuen?

—No tenen noms. Són animals salvatges.

—I quan et parlen, què et diuen?

—Es passen la major part del dia estirats a les estanteries de la meva habitació perquè són molt mandrosos. Però m'expliquen moltes coses.

—Tu també ets mandrós com ells?

El Pau es queda uns segons pensant la resposta.

—Suposo que sí —diu.

—Et sents una mica trist?

—No.

—Et sents feliç?

El Pau torna a arronsar les espatlles.

—Saps què vull dir quan et pregunto això?

—El lleó sempre diu que la felicitat és una paraula dels humans, que no significa res.

—Totes les paraules signifiquen alguna cosa, Pau —s'afanya a respondre el psicòleg. I en to més assossegat—: Si no, no serien paraules.

El Pau abaixa la mirada i la clava en el full. S'agafa als reposabraços de la butaca i s'espera. Sap que és un moment per estar-se quiet i no dir res. Una cosa que també saben els animals.

—I què més et diu el lleó? —indaga ara el psicòleg.

Cap resposta.

—No m'ho vols dir?

—M'explica que el gat parla massa —acaba responent el Pau—. O que la llúdriga té les millors idees però no les explica gairebé mai a ningú. Coses així.

—I quines coses amaga la llúdriga?

—No ho sé.

—No t'ha explicat mai res?

—Un dia em va ensenyar a fer forats a terra, ben rodons i amb les parets molt polides.

—Ah, sí?

El Pau assenteix i torna a llançar la mirada on hi ha el llum de la pantalla verda. Una llambregada ràpida.

—I quan te les explica aquestes coses? Abans de fer els deures? Després? Quan ets sol a casa?

—No ho sé.

—Vinga, Pau, fes una mica de memòria. Abans m'has dit que tens per costum acabar els deures el diumenge. A quina hora ho fas? Va ser diumenge, aquesta conversa amb la llúdriga?

—No ho recordo... Crec que no.

—Potser la llúdriga no et deix...

—A la tarda —l'interromp el Pau.

El psicòleg arrufa el front.

—Que els faig el diumenge a la tarda. Els deures.

—Ah, molt bé.

Una pausa emboira el despatx, com un tel. Una gola que s'escura, el Pau que prem amb més força els braços de la butaca, els ulls que se li empetiteixen, i el psicòleg, que de sobte sembla seure molt lluny, pren notes i més notes.

Tic-tac, tic-tac...

—Els animals es porten molt bé amb mi —diu el Pau.

—Segur que sí.

—I només em parlen quan menys m'ho espero. Són salvatges, no venen mai quan els crido. Només quan no hi penso.

—Me'n pots donar un exemple, Pau? M'agradaria molt que m'ho expliquessis, això, si vols.

—Sí que vull.

Però el Pau es queda callat.

—Què feies quan la llúdriga et va dir allò dels forats? Què feies exactament?

Les paraules se senten feixugues, com si carreguessin una fortor de cosa passada, repetitiva.

—Si no vols respondre, no passa res. —El psicòleg s'incorpora i el seu cos de camisa i corbata s'imposa davant del rostre enxiquit del Pau—. Pau, em sents?

—Tornava a casa, tenia molta set, vaig obrir la nevera i la llúdriga m'observava des de dalt del frigorífic —explica de sobte el Pau. Parla més de pressa ara, com si s'estigués posant nerviós—. I quan em cau alguna cosa a terra, a l'habitació, el gat sempre surt d'algun racó i me la dona. Quan obro o tanco portes també passa.

El psicòleg allarga una mà per sobre la taula en senyal de calma, però el Pau, lluny de relaxar el to, emmudeix i es fa enrere amb un gest instintiu.

—Tranquil —s'afanya el psicòleg.

El Pau mira de reüll el racó del llum de la pantalla verda.

—Pau, tranquil, no passa res —insisteix.

—Ho sé.

—Tranquil. No m'ho has d'explicar tot ara.

—Sí.

El psicòleg no se n'adona; el Pau sí. En el moment just que ha pronunciat aquest últim mot, el rellotge de l'estant s'ha aturat en sec. Les agulles han tremolat i s'han quedat congelades. Foses. Cap més tic-tac, cap més estremiment del temps, tan sols les columnes platejades i la rodona sense agulles. Un pleniluni de números que ja no són números, sinó mirades de carones petitetes, com cicatrius minúscules.

—S'ha acabat el temps de les paraules —diu el Pau.

—Com?

—Ho diuen els animals.

El psicòleg agafa el bolígraf, però quan està a punt de fer una nova anotació al seu DIN A4 es queda absort, els ulls fixos en el paper. Se li escapa el bolígraf i l'ignora mentre rodola per la taula i cau a terra. Manté el full aferrat amb una mà i l'aixeca una mica.

Entre ombres i potes de taula, fora de la vista del psicòleg, una maneta petita i peluda ha recollit el bolígraf i l'alça amb timidesa. El Pau no li fa cas.

—La llúdriga em va explicar com fer els millors túnels perquè sap que a vegades hem de fugir.

—De què has de fugir? —aconsegueix preguntar el psicòleg, encara sense saber què fer amb el full.

—Els forats mal fets et poden caure a sobre i ofegar-te —explica el Pau—. Això és el primer que em va dir la llúdriga.

—Però per què necessites un forat?

—Per fugir.

I tot seguit el Pau gira tot el cos cap al racó del llum i les butaques.

—Què hi ha allà, Pau? —pregunta el psicòleg. El full encara a la mà.

—S'ha obert un túnel.

—Com?

—Hi ha un forat.

—No, Pau, no hi ha cap forat.

I el Pau, que ha recollit el bolígraf de terra —se sent una veu ronca i esmolada sota la taula que diu Té, aquí els tens—, el deixa sobre la taula i afegeix:

—Podem fugir. Encara hi som a temps.

—Pau... —El psicòleg vacil·la, ha sentit aquella veu de ninot venint de sota—. Pau, no hi ha cap forat ni cal que fugim. Aquest és un lloc segur.

El Pau prem els llavis. Un somriure trist, trencat, de desencís.

—No —diu.

—T'asseguro que no corres cap perill —insisteix el psicòleg mentre s'inclina de costat i mira sota la taula.

—Moltes vegades, quan creus que et podràs ficar dins el túnel l'entrada es tanca i t'agafen dels peus i t'arrosseguen cap a fora una altra vegada.

—Com?

L'home encara rebusca per terra, entre els seus peus, els de la taula, i els del Pau també, que se sostenen de puntetes i bateguen nerviosos.

—T'estiren cap a fora perquè el túnel no està ben fet. És el que m'explicava la llúdriga.

—Que allà no hi ha cap forat ni cap túnel!

—Que sí.

I com un eco se sent un segon «que sí». Aquella veu de titella, de sota, que el psicòleg no entén.

—Però...

L'home s'ha aixecat fent caure la cadira. Mira la taula amb por, després al fons. Passa per davant del Pau i s'abalança vacil·lant cap a l'altra punta del despatx, aparta d'un cop el llum de la pantalla verda i clava els ulls en un punt invisible arran de terra.

El llum cau a poc a poc, la bombeta esclata quan toca el terra, la pantalla es fa miques, i el psicòleg, amb les mans obertes i els ulls esbatanats, com si estigués a punt d'enfrontar-se a un monstre, descobreix...

Doncs res, aquí acaba l'escena, que ja us havíeu oblidat de mi i això no pot ser. Ho sé, ho sé, i ara què? Què vol aquest paio ara? Si nosaltres el que volem saber és què està mirant el psicòleg. I el Pau? (no jo, sinó el Pau petit). Què està fent ara el Pau? Fugirà? No fugirà? Hi havia realment un gat xerraire sota la taula que l'ajudava a recollir les coses? S'havia obert un forat a la paret? Un de prou bo per poder-se escapar? Algú l'agafarà dels peus quan cregui que ja està salvat i l'estirarà enrere? De nou cap endins? O cap enfora? Aquestes preguntes tenen el seu encant, ho sé, però cap resposta en aquest sentit. La vida és així. El que sí que faré, però, serà rebobinar (una altra cosa que es feia molt als anys vuitanta) i tornar a començar des del principi. Perquè, em confesso, resulta que soc un contista, un trampós, i tot el que he explicat fins ara, a excepció dels *detalls estrictes i vertaders* sobre els dits rabassuts de la mare, la por de parlar i el mobiliari funerari del psicòleg, és una mica mentida.

Sí. Tornem a l'inici.

Recordeu els anys vuitanta? Ja sabeu què vull dir, l'època a tot color de les muscleres i la cocaïna, quan la sida estava en plena forma, el capitalisme havia instaurat el *reich* dels mil anys i els dolents oficials eren els soviètics i els moros, en aquest ordre.

Doncs bé, a mitjans dels vuitanta jo no anava fent. No sé si vivia o només sobrevivia. No importa. La meva família, benestant com ningú, seguia les pautes correctes de l'època (o de totes les èpoques): feia diners, malbaratava diners, s'apuntava a viatges programats a l'altra punta del món, comprava cotxes immensos, portava el nen (jo) a l'escola, recollia el nen (jo) de l'escola, es vantava moderadament dels èxits i del seu estatus i gastava quantitats ingents d'energia per tapar les misèries internes, que eren una cosa ominosa.

No, no hi havia ni forats ni túnels ni res similar, tant de bo n'hi hagués hagut. Només quatre putes parets, sempre les mateixes, i empaperades amb aquells estampats de flors tan burgesos que feien venir ganes de morir jove. No cal dir que els peluixos i els animals salvatges no em van parlar mai. M'ho repeteixo: tant de bo ho haguessin fet. No vaig tenir aquesta sort. Però em van portar al psicòleg? Sí que ho van fer. M'hi va portar la mare? No, va ser el pare. El psicòleg va concloure que m'havien de collar i que no podia ser que perdés tant el temps? Doncs sí que ho va concloure. Em va servir d'alguna cosa? De res. I ara la pregunta més important: vaig ser prou valent i adult per dir-li al psicòleg que el problema no era que no m'agradés l'escola? Doncs no. Per descomptat que no. Com ho podria haver estat?

Miri, senyor psicòleg, podria haver dit, resulta que visc en una casa on no es viu, una casa on la meva mare provoca dia sí dia també escàndols a tota hora. Crits, insults, amenaces, cops de tant en tant. Però no s'escandalitzi ara per això dels cops, que els maltractaments físics són esporàdics i no m'afecten gaire. La violència física no em preocupa. Respiri, home, tranquil. No cal que enviï la policia, que això ja ho va fer la meva mare, perquè un dia li vaig clavar un cop de puny directe a la cara. Naturalment no va explicar als agents de l'ordre que el meu atac havia estat per defensar l'àvia, que ella tenia arraconada a terra (de nou), amenaçant-la amb una cadira alçada sobre el seu cap i dient que la mataria. No, això no ho va explicar pas. De fet no ho va explicar ningú, ni tan sols la meva àvia.

Doncs sí, senyor psicòleg, senyor policia, senyor polític o senyor qui sigui, així vivim, ja ho veu. A casa tots s'esforcen perquè tot sembli normal, que no sigui dit, vaja. Que ma mare es passa tot el dia xisclant i corcant les nostres vides: Calla, nena, que els veïns ho sentiran, fa l'àvia. Que hem d'anar de viatge en cotxe i jo m'hi nego, que em fa por anar-hi amb ella (ja ha intentat estimbar el cotxe tres o quatre cops amb tota la família dins): el meu pare em dona una bufetada per fer-me entrar en raó i que entri al cotxe i no compliqui més les coses. Que tinc alguna indiscreció a l'escola, tranquils, que tots, avis, pare, Esperit Sant o si cal el tiet, que encara està més ben situat (que el pare, vull dir), tranquils que tots a correcuita aniran a tapar, maquillar o el que sigui necessari fer per evitar un «què diran» intolerable. I com els agrada a mestres, pares d'amics, policia i qualsevol mena de compromesos amb el bé general que els treguin un problema de sobre.

Sí, als anys vuitanta els dolents eren els soviètics i els moros, en aquest ordre. De soviètics no en queden i els moros, després del seu pic (o doble pic), ja van a menys. Ara els toca rebre als immigrants. Però els dolents, els que fan mal de debò, ara i abans, són sempre els mateixos, molt a prop, dins les nostres cases. No fa gaire vaig llegir una cosa que em va cridar l'atenció, deia més o menys així: *el que és important és que l'entorn i els menors tinguin clar que la vergonya és dels maltractadors, no de les víctimes*. Quines coses, oi? Si ara resultarà que els maltractadors (i maltractadores, paritat aquí) i tots els seus encobridors i col·laboracionistes (l'entorn), de sobte, per art de màgia o efecte d'unes quantes paraules assenyades, s'il·luminaran i els agafarà vergonya. I és clar, abracadabra, la por de la víctima, la seva vergonya i el seu puto estrès posttraumàtic, o com es vulgui anomenar, s'esfumarà en un món de lliris, diàleg i globus de colors. No sé si ho veieu: el sistema de sempre que s'oculta darrere de noves paraules, un altre cop. Vols dir que ho sentiran els veïns?

Resumint, que ja toca anar tancant. Per l'època que em van portar al psicòleg perquè no m'agradava l'escola ni res, quan tant de bé m'haurien fet els túnels per fugir i els consells dels animals salvatges, vaig decidir no pertànyer més al món. O com a mínim posar-m'hi d'esquena. No ho vaig decidir conscientment i amb unes paraules tan netes i ben retallades com aquestes. Tan sols sé que va passar, com un instint. Va ser una mena de propòsit que em va venir sense avisar. Ja sabeu què vull dir, com la primera palla. D'aquelles coses que passen quan un menys s'ho espera, quan no les crides. Quan encara ni tan sols sabies que hi podies pensar.

Amb els anys també he descobert, detall estricte i vertader de nou (l'últim que aportaré), que si es decideix fugir del món, si es decideix de veritat i amb molta força, com fan els nens, ja no es pot pertànyer mai més a cap món. Que l'única llar són els túnels, i els forats, i les esquerdes.

I no es pot tornar enrere.

Cua de llangardaix

Fragment que sembla viu,
fet per enganyar.

I

... segur que al teu pare li agradaria. El mercat és sempre com un d'aquells de segona mà que l'entusiasmen tant. És més brut i sorollós, això sí, i a la meitat dels venedors els falten com a mínim dues o tres dents, però també hi pots trobar de tot: parts de motor de cotxe, menjars de tota mena, bicicletes, fruites que semblen coses sexuals, animals vius, mobles, roba i, si saps a qui preguntar, fins i tot «certes substàncies» i peces per muntar el teu propi kalàixnikov. Ben mirat, ara veig que potser no s'assembla tant als mercats de casa. Però me'ls recorda. En teoria això de les drogues i els kalàixnikovs ho hauríem de denunciar, però crec que més d'un company en treu un extra i ningú no diu res. A més, això és feina de la Policia Militar. Quan desembarques aprens ràpid que els de la policia no són els teus amics. Això sí que és com a casa, veus. Tal com ets tu, segur que acabaries al calabós més d'un cop. Si t'enxampen tornant tard als barracons, un dia tancat; si beus més del compte, un altre dia al

forat; si vens res de l'equip a un local, dues nits al calabós. I així tot. La policia és com és, a tot arreu, guerra o pau, tant és.

Suposo que ja t'he dit que et trobo a faltar. I tu deus estar pensant: No suposis tant, Edgar; no suposis tant. I ho pensaràs així, dient-m'ho dos cops, que m'ho estic imaginant. Doncs sí, Jez, et trobo a faltar. Molt. T'ho dic i t'ho repeteixo. Et trobo a faltar. Molt. Deuen haver passat... Què? Dos mesos? Em sembla que no et veig des de fa mil anys, i això que quan estic sol no paro de refer les nostres converses: el gos pesat del veí, la col·lecció del Mankell que estaves llegint, la teva mare i la mania que té que està malalta, les reformes... I parlant d'això, a la propera carta explica'm com han anat les obres de l'apartament. Ja ho haurien d'haver acabat, oi? Allò del desguàs de la planta baixa no tenia bona pinta, i he pensat que...

—Què escrius?

El Pascal m'ha pres la carta. L'ha estirat amb una estrebada i gairebé l'estripa.

—Pascal, hòstia. No facis l'imbècil.

Se l'està llegint per sobre, amb aquella mirada que té, sempre a mig camí de la burla i d'alguna mena d'intoxicació. Ha interposat el fusell entre ell i jo, com un escut. Dues taules més enllà, un grup de tres reclutes acabats d'arribar ens miren i somriuen. Els clavo la mirada i tornen l'atenció a la seva taula: cartes de pòquer, cerveses i dues noies que els distreuen. Carn amb carn.

—Pascal!

—Té. Tot mentides, oi? —respon.

S'asseu. Davant meu. Deixa el fusell sobre la taula. L'arma fa un cloc contra el marbre gastat i l'amo de la taverna, un barbut amb els llavis gruixuts, aixeca el cap amb una tímida besllum d'humanitat. Després torna a la feina muda d'eixugar vasos i coberts.

—Tu no escrius, a casa? —pregunto al Pascal mentre recupero la carta.

Ell arronsa les espatlles.

—No hi ha déu que t'entengui. —Faig un senyal al propietari perquè s'apropi—. I no són mentides —insisteixo—. Això també és veritat —ho dic fent dansar el full davant dels seus morros.

—No li expliques com estàs, què sents, si estàs bé o no. I no li parles de l'avinguda de les Flors, ni de les putes...

—La vida té compartiments. Precisament tu...

—Ni sang ni semen, oi?

—Suposo que sí. A veure, com ho faries?

—Jo no escric cartes des de fa temps. Les paraules són per als morts.

L'amo ens porta un parell de cerveses. Murmura alguna cosa en la seva llengua. Crec que vol dir que ens vagi de gust o alguna cosa per l'estil. Després marxa.

—I dius que el que escrius també és veritat?

Brando el cap. A vegades el Pascal és desesperant.

—Au, beu —li dic.

Faig saltar l'anella de la llauna de cervesa i en faig un glop. Per les finestres del fons del local, entelades amb un dit de ronya, s'entreveuen els moviments agitats del mercat. Una noia —em sona vagament— entra sense a penes mirar i l'enrenou de fora s'imposa per uns instants a la calma feixuga del local. Batibull de llengües, esgarips d'animals, motos passades de voltes, tot amanit amb les entonacions universals del regateig i la falsa indignació.

—Quant fa que no veus la teva Jez?

La pregunta no m'agrada. Miro la carta. He escrit que feia dos mesos que no ens vèiem.

—Dos mesos —responc.

El Pascal somriu.

—Els permisos van acabar el 20 de març. Quin dia som avui?

Miro el rellotge.

—4 d'abril —responc.

—No fa ni tres setmanes, nen. Ja ho veus, quina veritat tens, tu. Dos mesos dius? Aquí t'acabes convertint en un alienat temporal, que no ho sabies? Hauries de deixar-te de collonades i dir-li això: «Jez, suposo que et trobo a faltar, però aquí el temps no és el mateix que allà. Quan soc aquí, tot el que deixo enrere es fa una mica fals, ja saps, com un somni». —El to afectat del Pascal em comença a tocar els ous—. «Ai, Jez —continua—. Com t'ho explicaria? Odies i estimes, tot alhora, i per molta vergonya que et remeni per dins, sempre hi acabes tornant. És la indiferència que sents quan te la mama una puteta de pell fosca. O quan deixes la casa d'algun desgraciat feta un gruyère. O...».

—La propera carta te la deixaré escriure a tu —el tallo.

Glops de cervesa. Els dos bevem en silenci. Sembla que per uns instants el Pascal hagi perdut l'interès en mi. Mira enllà, a la taula dels que juguen a pòquer. La noia que ha entrat abans s'abraça a un dels reclutes i desafia les mirades de fàstic de les altres dues que ja hi eren. Paro l'orella: «Jo calenta», gemega. «Jo molt mullada per soldat». Sempre els agrada repetir molt la paraula *jo*. El recluta la repassa de dalt a baix amb els ulls humits. La magreja amb una mà mentre sosté les cartes amb l'altra.

—Iana! —És el Pascal. Es dirigeix a la noia—. Va, vine. Deixa de fer el burro, que et convido.

La noia s'espolsa amb un gest mecànic el recluta que la tenia aferrada pel cul i ve cap a nosaltres. Encara fa cara d'anar col·locada, els ulls mig en blanc, com perduts endins. Fa una mena de saltirons impacients que t'aboquen directament al cor de tot: el desig d'obrir-li les cames i encastar-la. Només això. El noi abandonat serra les dents però no s'atreveix a encarar-se amb nosaltres. Al cap i a la fi som veterans.

—Que no t'he dit que deixis de fer el burro —li mana el Pascal—. Va, seu i menja alguna cosa.

Ella deixa de fer aquells bots i esborra de sobte tota expressió. S'asseu amb el cap una mica cot; mira fixament la superfície de la taula amb una fredor mil vegades més incòmoda que el desig fingit d'abans. El Pascal demana un parell de plats. Pollastre amb no sé què i vedella. Jo només penso que vull acabar la carta.

—Vaig a fora —dic—. Aquí fot una calor insuportable.

Ja dret, mentre em penjo el fusell a l'esquena, el Pascal m'observa i somriu.

—Edgar, treu allò dels kalàixnikovs si no vols tenir problemes. No saps mai qui llegirà aquestes cartes.

Assenteixo.

Sec en un extrem de la terrassa, a l'ombra. Fa la mateixa xafogor, i la pudor de suors i espècies se't fica al nas com un raig d'àcid calent. Eixams de mosques ronden els bassals de cervesa reescalfada que taquen la taula, atrafegades, joioses. Les espolso. Un cop de mà que les fa voleiar com trossets de brutícia que sempre tornen. Hi ha soldats, un parell de periodistes de la BBC —les càmeres sobre la taula— i la resta són locals: comerciants que prenen un te, famílies xerraires i grups de vells encorbats sobre una mena de tauler d'escacs rectangular amb un nom impronunciable que s'assembla al backgammon.

Obro la carta; la deixo sobre la taula. Fora allò dels kalàixnikovs i continuo. De fons, amb el terrabastall del mercat, sento el Pascal conversant amb la noia. Li pregunta pels seus pares. Sembla ser que el pare està malalt, o ferit... li falta una cama...

... Jez, et trobo a faltar. Molt. No fa ni tres setmanes que ens vam veure i és com si haguessin passat mil anys. No paro de refer les nostres converses, com si estiguessis aquí amb mi: el gos pesat del veí, la col·lecció del Mankell...

Prefereixo escriure cartes que rebre-les. Les paraules dels altres m'avorreixen. I les fotografies que m'envien... semblen els retrats agrisats d'alguna mena de doble que no soc jo. Tots els bons desitjos de la família i els detalls telegràfics de les mil cosetes que la Jez s'esforça per explicar-me, tot plegat se m'amuntega a sobre. Una pila d'imatges que ja no m'importa gaire si han passat o no, i que pesen com un cadàver. Quan escric sé el que em dic. Per un temps les meves paraules seran l'única realitat que existeix, per a ells, i una mica per a mi també. Suposo que és tranquil·litzador saber que tens aquest poder. També deu ser per això que em resulten incòmodes els periodistes com els dos de la BBC. Constructors de realitats. Ara es prenen un te i conversen amb calma. Són molt anglesos, ells. El seu gest desimbolt de dur-se la tassa als llavis, indiferents al batibull del mercat, dels camions de munició que circulen per la carretera, dels nens amb parracs, dels animals esbudellats que pengen dels ganxos de les carnisseries ambulants.

El Pascal em passa pel costat, porta la noia —Iana es deia?— agafada de la cintura. Deu haver passat mitja hora. Alço la vista. Deixo el llapis sobre la taula. He oblidat on m'havia quedat. El sol, ara en el seu zenit, m'enlluerna i em cobreixo amb la mà per poder-los enfocar bé: dues figures fosques, sortides de la llum que tot ho abraça.

—Va, no t'estressis —em diu. Somriu. Sempre somriu el Pascal, el malparit.

S'allunya cap al mercat de bracet amb la noia. Esquiva les taules i un parell de cops ha d'aixecar al canó del subfusell que li penja del pit per evitar que topi amb els respatllers de les cadires. Els ulls se'm comencen a adaptar a la claror. Abaixo la mà. Hi ha detalls que no puc evitar retenir. Algú diria que són a l'atzar, però ja no hi crec, en l'atzar, i encara menys en la llibertat. Un grup de nens, set o vuit anys, juguen a futbol en un pam de terra oberta entre dues tendes de roba. Un d'ells du una samarreta del Milan, una rèplica falsificada. Un vell arrossega dues cabres que se li resisteixen. Estira les cordes. Un dels animals, blanc i brut, fa oscil·lar les banyes. El venedor de la parada més propera crida alguna cosa. Rep una resposta d'entre la multitud. Passa una moto que alça un núvol de pols i s'allunya a tota velocitat. I després una altra, que frena de cop per deixar passar el nen de la samarreta del Milan que corre i xiscla gol. Nens, venedors, animals i més cares que no sé traduir. Tot es mescla. Una tercera moto s'atura i en baixa un noi amb un anorac verd amb franges grogues a les mànigues. Sense esperar, la moto fa esses per esquivar els vianants i desapareix deixant enrere una fortor de gasolina cremada. El Pascal es creua amb el noi de l'anorac, que s'apropa amb les mans a les butxaques i la vista fixa a terra. El Pascal s'atura en sec. Un altre ressort. Un que em treu de mi immediatament. El seu gest d'espant sí que l'entenc molt bé.

El Pascal es tomba mentre aparta la Iana amb un gest de protecció brusc que la fa caure de cul. Xiscla alguna cosa. Em mira amb els ulls encesos.

El primer tret el sento perfectament, pur. L'esclat sec de l'M4 del Pascal i el pit del noi que ha baixat de la moto que rebenta i esquitxa la terrassa de sang. Entre la pasta xopa de carn i anorac, ara sí, reconec les formes dels paquets d'explosiu plàstic que du lligats a la cintura.

Un dels periodistes s'ha llançat a terra. Jo busco el meu fusell.

El segon tret del Pascal ja no el sento. L'explosió de la bomba ho tapa tot.

... Hi ha moltes coses d'aquest país que no entenc. La majoria, de fet. Tracten els animals a cops de peu. No hi ha ni un semàfor en tota una ciutat amb més de mig milió de vehicles. Als nens els donen una llibertat total quan són petits, però quan fan catorze anys ells, i dotze elles, és com si passessin de forma automàtica i brutal a l'edat adulta. Riuen molt. Tothom riu molt, i criden. Però no expressen res. O no sé què diantre expressen. Els vells tenen cara de nens; els nens de gent gran, amb unes arrugues incipients d'una vida sencera a l'esquena que és impossible que hagin tingut. No et

pots refiar de res, aquí, Jez. Caminem sobre un camp de mines dia i nit. I és clar, t'hi acostumes, i tot plegat et deixa surant en un estat d'embadaliment. A alguns companys ja els veig sempre un tel de boira, o de traïció, sobre els ulls. Jez, voldria...

II

Després de l'explosió s'imposa un silenci que no ho és gens, de silenciós. Un soroll creixent de crits, laments i estructures que tremolen s'entremescla amb un xiulet ensordidor que sembla venir de tot arreu. Em sagnen les orelles. No em sento el cos, ni el terra on he caigut. Però aconsegueixo aixecar-me. Encara busco el fusell, o en tinc el desig, però m'adono de seguida que ho he deixat estar, això del fusell, que tan sols camino sense saber on vaig. Un núvol de pols grisa ocupa l'espai on fa uns segons hi havia un mercat, la terrassa, les famílies, nosaltres, els periodistes de la BBC. Tot d'una algú que no reconec em passa pel costat i xiscla alguna cosa. Desapareix entre tirabuixons de pols. El sol... un raig... m'impacta de sobte directe als ulls, trenca la pluja de partícules en suspensió i se'm clava a dins. Reconec algunes formes. Les vaig ubicant de mica en mica dins la consciència, com si fossin peces d'un puzle immens que algú acabés de fer saltar pels aires i que jo, com un nen, m'esforço a recuperar abans d'oblidar-lo del tot.

El noi del cinturó bomba ha desaparegut. Costa d'imaginar que un cos pugui desaparèixer sense deixar cap rastre. A vegades no en queda ni sang, després d'una explosió com aquesta. Impactes directes, l'ull de l'huracà, encertat de ple. Ja no ets ni tan sols res que es pugui enterrar o sobre qui escopir. La Iana és morta. La veig uns metres enllà, entre retalls de boira. A la perifèria, no sabria dir d'on, es comencen a fer sentir els rugits dels motors dels nostres totterrenys. Frenades, crits, l'esgarip dels frens de mà. La visibilitat comença a aclarir-se. Trobo un fusell, no és el meu, és l'M4 del Pascal. Una mà, sola, que penja com un drap moll, encara s'aferra al gallet. La mà morta. Passat congelat. Arqueologia d'un instant. Segueixo caminant. Diria que ara he tornat enrere, o potser no. L'esquelet de ferro d'una de les tendes, doblegat sobre si mateix, em fa entrebancar i m'haig d'agafar a un sortint per no caure. Veig que he perdut una bota. Com la puc haver perdut? On? Brando el cap, però quan l'abaixo de nou, aquest cop la visió del meu peu nu em tranquil·litza. Jez, estic viu, sencer. Viu.

La pilota dels nens també ha desaparegut. Els nens no, jeuen fets trossos. Un d'ells mira amunt, absort, al cel, sense cames. Respira a batzegades. Recordo un fragment de la instrucció: *No us podeu imaginar la quantitat de formes que té el cos per evitar la mort: venes i artèries que es contrauen per evitar la pèrdua de sang als membres amputats; parts del cos que en rendeixen d'altres, de menys vitals; estats catatònics per amortir el dolor extrem...* Però la majoria de cossos amb què ensopego són morts. Per terra s'estén un escampall de colors que cobreixen l'empedrat irregular de la plaça. Tot és moll, colors mullats, espessos i rugosos com olis d'una tela de museu. Les restes de carn i fruita han convertit el mercat en un pantà enganxós de deixalles. Entre la fruita esquinçada sobresurten fragments de tecnologia, formes fora de lloc, una mica com abans, però ara encastades entre morts i runa. Un tros d'un teclat d'una màquina d'escriure, peces de ceràmica, carcasses de telèfons mòbils, rodes de motocicleta, tubs i canonades obertes. Les parades s'han fet miques. Els cabells de vius i morts són blancs de ciment, i la sang, com rius de lava, dibuixa solcs entre la pols i la pell.

El Pascal em mirava, a mi, i havia xisclat alguna cosa. Per uns segons sento nàusees i em recolzo en un mur. És una paret de pedra, un marge. Intento recordar on era exactament aquest mur que palpo amb les mans tremoloses. Era el que corria paral·lel a la terrassa de la taverna? El que separava el mercat de la carretera principal? Què m'havia dit el Pascal abans de disparar? Tota la seva indiferència habitual s'havia esborrat de sobte, i tot seguit s'havia fos tot el que havia existit, ell i el que era amb ell: la Iana caient de cul, el braç protector, el gest automàtic amb què alcem el fusell a punt per disparar. Bomba? Quiet? A terra? Havia xisclat «A terra»? Intento refer la forma de la plaça, la retícula torta i mal fotuda dels carrers al seu voltant. Era un lloc familiar aquest matí, i ara... ara no sé ubicar on són aquests carrers, ni tan sols tinc clar on és la taverna. Encara conservo una mena d'imatge residual de carrers i carrerons, però dubto. Si em digereixo cap a un d'aquests llocs, què hi trobaré? Haurà desaparegut? Deu haver existit mai? Tan sols existeix el núvol de pols i sang que em fa girar i girar. «A terra!», havia xisclat el Pascal. I un tret, i el terrorista que cau i... El darrer cop que vaig estar de permís, fa dos mesos... *Ni tres setmanes, nen!* —La veu del Pascal, alegre llavors—. El darrer cop de permís també havia tingut aquesta sensació de terror. Poses el peu al teu propi barri i cada cop que t'acostes a una cantonada sues com un porc. Quan després comproves que el bar on fan aquells croissants artesans tan bons encara hi és, que el supermercat de sempre també, o la barberia on el pare passa les tardes de dissabte, quan tot hi perviu, ve l'alleujament, i certa estranyesa per trobar-ho de debò igual. Una calma momentània que només és la llavor d'un nou terror, per a la pròxima cantonada.

Comencen a aparèixer més cares, espantades. Esquincen la boira per cridar i gemegar. Un home d'uns cinquanta anys, potser menys, difícil de dir en aquesta gent, camina pel centre de la plaça. Mostra ferides múltiples per tot el cos: taques vermelles que tenyeixen la roba en punts atzarosos i vitals. També se li veu la pau gairebé beatífica de qui ja no sent res i espera alguna mena de revelació que sé que no li arribarà. Quants anys tinc jo? I l'aniversari... La Jez: *Vull que siguis aquí el dia del teu aniversari.* Però quan era el meu aniversari?

Els laments, pertot arreu. No puc entendre què diuen. I les paraules, tan apaivagades... Una simple explosió i s'ho menja tot, el poc que tens i entens engolit pel pou. És el cos qui em guia, el peu nu i el peu de la bota, un pas i un altre... Em dirigeixo cap a un carreró lateral, un dels que rivetejaven la terrassa de la taverna, o això crec. De cua d'ull intueixo els límits baixos de les cases de fang, mig ocultes sota la brillantor tèrbola dels raigs de sol que travessen el núvol de pols. El so estrident de la sirena d'una ambulància em fa aturar i haver-me de reorientar. Dotzenes de persones corren en sentit contrari, cap a la plaça, a empentes, l'impuls d'ajudar, la curiositat morbosa... *No us podeu ni imaginar la quantitat de formes que té el cos per evitar la mort.* Les cames em responen, em manen. Puc escapar; treure-me'ls de sobre. Em deixo dur fora d'aquí, el peu nu, la bota... La protecció d'un lloc familiar... L'avinguda de les Flors...

Les paraules són per als morts.

Camino i m'allunyo.

L'avinguda de les Flors no és una avinguda ni té flors. No n'ha tingut mai. És un carrer estret i brut; els raigs de sol no arriben mai a tocar el terra. A banda i banda dotzenes d'aparadors, de comestibles, electrodomèstics i roba, abarrotats de cortinatges que deixen entreveure la mercaderia, la que es veu de cara al carrer i la de carn viva que s'espera a les rebotigues. Un lloc immune a les bombes. Camino més a poc a poc ara que per fi hi he arribat. M'ajusto al ritme de l'opi que destil·len les mirades d'aquelles noies maquillades en excés. Se sent una altra ambulància, però més lluny. I la tremolor pesada d'un blindat. Però tot passa de llarg.

A un costat, a dos braços de distància, uns llavis carmesí, dues línies infantils ratllades de vermell, murmuren per atraure'm. Que si Jo això; que si Jo allò. Sempre Jo i Jo. Les cortines es mouen al ritme pausat dels llavis, amunt i avall, ondulant-se. Una cama sobresurt d'un estrip de tela, una cuixa prima que es mou rítmicament, amb frenesí, com si tota aquella ànsia fingida anés de debò. Deixo enrere aquesta primera invitació. Les primeres cases són per als nous. Els cossos, la majoria de noies molt joves, em criden com sempre, amb veus i cops i moviments bàsics. Tot són fragments, retalls de carn humana, indiferents al terror, a les bombes i al seu caos. Acostumats al declivi. *Aquí t'acabes convertint en un alienat temporal, que no ho sabies?*

Un aparador llardós mostra el pubis de pèl arrissat d'una noia oculta darrere un plafó de fusta. Un altre una esquena encorbada, amb els nusos de l'espinada coberts de purpurina daurada. Els aparadors i les cortines, tot al llarg del carrer, ofereixen pits, ulls entelats, culs, peus, polles i cuixes. Hi ha una obsessió pels peus. Una llengua llepant els peus d'algú molt jove —nen o nena, ves saber—. Peus estirant els dits en una tibantor mortuòria; altres movent-se jovials, protagonitzant una mena de discussió muda com la d'un espectacle de titelles.

M'aturo per agafar aire. Miro enrere. Ja soc lluny de la plaça, però el zumzeig de l'explosió encara em martelleja el cap. Ara més que abans. Em recolzo en un dels aparadors. Faig per seure a terra però me'n desdic. Mig cos, amb un biquini de ratlles abaixat, s'insinua darrere una pila de pots de conserves a uns centímetres a l'altra banda del vidre: un pit pàl·lid amb un mugró gros i encetat a dalt i la meitat d'un ventre arrodonit a sota, amb la corba d'una cuixa que projecta unes línies sinuoses que perfilen un bessó tens i un peu de dits molsuts.

La tinc dura. Ja fa estona. Molt abans d'entrar al carreró fins i tot. Ha estat així des que he pensat en l'avinguda de les Flors. Se'm nota. Podria abaixar la mà i tapar-me; també podria treure-me-la i cridar. Una porta s'obre a tocar d'on soc. De la botiga emergeix una mà i una remor de gemecs, mecanismes de rellotgeria orgànics, onatges de carn. També es distingeix la veu de matraca d'un locutor de televisió donant l'última hora en algun lloc de l'interior de la casa. La mà que em crida —cinc dits d'ungles postisses i rosades— fa el gest d'estirar-me a través de l'espai estret que ens separa.

Mai no m'he pogut resistir a aquell desplegament de desig enganyós. La vergonya i l'entusiasme t'hi acompanyen, t'hi acotxen com les parets embuatades d'una cel·la de psiquiàtric. Tot fet perquè no et facis mal, perquè t'oblidis de tu i de tot. Dels morts. De les explosions. Dels de casa.

Cedeixo a aquell tros de mà que em reclama, agitada, homicida com qualsevol altra mà, i que tant recorda el moviment cec, buit, de la cua tallada d'un llangardaix.

A L'ESQUERRA DE LA TORRE ELÈCTRICA

La llum del dia sempre és com una bufetada.

La Lila li allarga la mà des de dalt. Fora del cau. La Vera es queda un instant mirant-la abans d'agafar-s'hi, amb el cap alçat i una mà fent-se visera. La claror exterior encercla la seva amiga i li enfosqueix les faccions. El rostre li queda ocult entre els cabells, que li cauen als costats, plens de crostes, desordenats; una silueta indefensa, retallada sota la força de mil ganivetes de llum. Només té nou anys, dos menys que la Vera, però és tan alta com ella i igual de forta. La Lila obre la mà amb impaciència sense dir res i amb l'altra s'aguanta a un sortint de formigó. A la fi, la Vera accepta l'oferiment i surt a fora.

La Vera s'està uns segons dreta dalt de la lloma. L'entrada del forat queda oculta sota unes xapes de contraplacat i uns manyocs de cables. Acluca els ulls i aspira la calor dura de l'erm sense obrir la boca del tot. L'aire li crema els pulmons. Les carcasses consumides dels edificis s'estenen en fileres davant seu, totes més o menys iguals, totes silencioses i negres. La

Lila ja ha baixat del turó i ara examina un sofà de color marró recolzat contra un mur. S'allisa el vestit amb les dues mans i s'hi deixa caure de cop. Des d'on és, la Vera distingeix les costures tortes amb què la seva amiga s'ha apedaçat el vestit dotzenes de vegades. Ella també en té, de cicatrius a la roba.

Ajudant-se amb les dues mans, la Vera descendeix pel munt de runa i, quan ja és a tocar de terra, salva l'últim desnivell amb un salt. La Lila l'espera asseguda al sofà amb les cames creuades i el cap cot. S'entreté furgant un forat de la sabata. El dit gros del peu, amb l'ungla partida, es remou com si tingués vida pròpia. La Vera es queda dreta al seu costat i deixa descansar una mà sobre el respatller del sofà. Els coixins estan bombats i deformats per la calor i la humitat. Gira el cap i registra els voltants.

Els carrers dibuixen una graella de línies esgrogueïdes. Els edificis que queden drets s'obstinen amb els seus murs solitaris, d'ulls buits; les últimes simetries en una planúria de troncs cremats i pals de telèfon partits. Una torre elèctrica d'alta tensió resisteix les inclemències del temps. S'alça a pocs quilòmetres i fa de punt de referència com l'agulla d'una brúixola gegantina. La calor fa vibrar l'aire. No es veu ningú.

—Me'l deixes? —demana la Lila.

Allarga la mà i la deixa oberta.

La Vera es treu una cadeneta que du al coll i l'hi ofereix. De la cadena penja un mosquetó vell, rovellat. La Lila l'agafa, se l'acosta a la cara, ensuma i comença a fer anar el mecanisme molt concentrada. El passador està encarcarat, però la peça encara fa clic cada cop que es deixa anar i recupera la seva posició tancada.

—Falta molt perquè es faci fosc —murmura la Vera. Prem els punys. Una pel·lícula de suor greixosa li cobreix el front.

La Lila li torna la cadena.

—Anem —diu.

La Vera passa al davant. La Lila la segueix de prop. Sempre eviten els espais oberts i les zones elevades. El sol, immòbil sobre els seus caps, presideix un cel tacat d'ocre i sense núvols. Com dos insectes temorosos, el defugen sempre que poden.

Caminen a batzegades i a vegades reculen. Corren, s'acoten i aprofiten els túnels i els passatges de runa per avançar d'amagat. No avancen mai en línia recta. Però segueixen una ruta. El seu vagareig apunta sempre a una fita concreta, un punt, algun lloc encara indefinit una mica a l'esquerra de la torre elèctrica. Quan ja han caminat ben bé dos quilòmetres a través de la ciutat:

—Espera —fa la Vera de sobte.

Llavors agafa la seva companya de l'espatlla i l'obliga a acotar-se, té la cara tibada. Totes dues s'ajupen i acaben encaixades dins una cavitat revestida de barres de metall i plaques de fòrmica. La respiració se'ls accelera. Avancen de genolls uns metres i es recolzen contra un pendent de runa. La Vera alça el cap i mira per un forat. La Lila la imita. Sempre ho fa: imitar-la en tot. Es tapen la boca amb les mans.

Se sent un crit. Les pupil·les se'ls encongeixen.

La Vera aspira profundament i capta l'olor metàl·lica de la sang calenta.

—És un campament —diu sense apartar la mirada.

La Lila es frega els ulls amarats de suor i es torna a deixar caure pel pendent. Al cap d'uns instants la Vera fa el mateix i acaba asseguda al seu costat.

A l'altra banda del mur hi ha un grup de vuit homes. Retenen una parella i una noia no gaire més gran que elles. Els tenen encerclats i de tant en tant els donen cops de peu per mantenir-los junts a terra, esquena contra esquena. Una foguera de fum negre crema al mig del grup. Després d'una discussió per algun motiu que no arriben a captar, un dels homes separa la noia i la llança als peus d'un company. Aquest l'aferra pels cabells i l'alça. La noia queda asseguda de genolls. Només vesteix una samarreta que li va gran i li arriba a mitja cuixa. Està molt prima però no pot dissimular els pits grossos. L'home li estira el coll de la samarreta i l'hi arrenca amb dues estrebades. La noia cau a terra. L'home la torna a agafar i l'arrossega fins al peu del mur. Allà la subjecten entre dos més estirant-la de les aixelles. Un d'ells du un esprai i comença a pintar-li el cos de color blanc. Els homes riuen. Ella es tapa els ulls i aparta el cap en va. Els cabells li cauen llardosos sobre la cara. No crida.

Un cop de vent escampa el fum per tot el campament. Encara se sent el zumzeig de l'esprai de pintura. Algú estossega i un lament es filtra entre les ombres de fum i pols. Un cop s'aclareix l'aire, la noia ja penja d'una cadena fixada d'una biga que sobresurt del mur. El seu cos goteja pintura blanca. S'ha pixat a sobre. Un dels homes desenfunda un ganivet i se la queda mirant molt seriós. Acompanyant-se d'una mà, la palpa i li examina el cos, la mesura, l'avalua. La resta tan sols espera sense fer res.

La Vera i la Lila han aprofitat la fumarada per abandonar l'amagatall i ara s'oculten entre unes fileres de cotxes calcinats. La lona de les tendes i els refugis d'aquells homes reverbera sota el sol a una trentena de metres darrere seu.

—Vinga, Lila. No ens quedem...

—Espera.

La Vera l'estira de la roba, però la Lila li etziba un cop al braç perquè la deixi estar.

—Aquí fa calor —murmura la Vera en veu baixa. No es mira la Lila.

—És l'asfalt —respon, encara amb la vista fixa en el campament.

Se senten crits i una mescla de borbolleig de sang i gemecs. També esclata un aldarull que acaba amb quatre cops, insults i amenaces. El silenci que segueix és més mut que mai.

La Lila enretira la mirada.

La Vera no li torna a dir res.

Més endavant, a uns cinc-cents metres, abandonen l'autovia i ascendeixen per un pendent cobert per una pel·lícula de pols i plàstics adherits a l'asfalt. La rampa queda tallada a mitja altura i les obliga a despenjar-se per una paret inclinada. La baixen assegudes de cul. Després corren. La Vera mira enrere sense parar i aviat la Lila se li avança tant que a estones la perd de vista. L'aconsegueix atrapar prop d'un aparcament ensorrat. La runa s'acumula sobre les carrosseries mortes dels cotxes i només queden dretes algunes columnes de ciment i unes poques parets.

Travessen l'edifici mig ajupides. Pugen escales, creuen habitacions nues sense sostre i s'escolen entre murs enderrocats. La suor els dibuixa reguerots a la pell. La roba els pesa.

En una de les parades per refer-se, la Vera s'acosta a la Lila i s'entreté a desenredar-li els cabells. La Lila la deixa fer. Es queda ben quieta, estova les faccions i adopta una expressió de nina, buida de pors i pensaments.

—No falta gaire —diu la Vera al cap d'una estona. Ha deixat estar els cabells i ara s'espolsa les mans.

La Lila triga uns segons a reaccionar, i quan ho fa, assenteix amb el cap.

—No és lluny.

—No.

Des d'on són ja poden distingir millor els detalls de la torre d'alta tensió. És de color ferrós, feta de triangles de metall, la punta ensutjada com l'extrem d'un llumí apagat.

Caminen uns minuts per una esplanada plena d'objectes fins a arribar al peu d'un turó. Una capa de greix esgrogueït ho cobreix tot amb un mantell bulbós i humit, com el que s'acumula al voltant dels ulls dels morts. Deixen enrere maons esberlats, una banyera partida per la meitat i fustes rosegades. Esquelets i pantalles de televisió fets miques. Marques, fites que reconeixen.

L'aire és més calent ara. Al voltant del turó totes les parets s'inclinen en la mateixa direcció, en una reverència congelada cap al nord. La Vera s'enfila dalt d'una biga, treu el cap per sobre de l'esplanada i mira enrere.

—No ens han vist —diu la Lila en un to neutre—. Segur que no.

—Vull mirar bé.

La Vera fa una ganyota. Per uns instants adopta l'expressió d'un ancià i els ulls se li fan invisibles sota els plecs de la pell. Llavors assegura les mans al voltant de biga i s'hi recolza per aixecar-se uns centímetres més.

Entretant la Lila avança fins al turó i n'examina la falda.

—Vinga, Vera —insisteix abans de començar l'ascens.

No obté resposta.

I no n'espera.

La Lila és la primera d'arribar a dalt. La Vera apareix instants després, fent mala cara, esbufegant, però no li retreu la impaciència. Dreta a la vora del barranc, la Vera s'ajup, deixa les mans penjant entre els genolls i mira el centre de l'altiplà. Fa una respiració profunda i es frega el pont del nas amb els dits polze i índex. Llavors s'agafa el collaret, l'aixeca, i en desenganxa el mosquetó.

Dalt del turó encara sobreviuen les restes d'un parc infantil. Hi ha una estructura de tubs, túnels i merlets mig calcinats que conserven les formes d'un antic castell de plàstic. Un trenet de metall jeu bolcat de costat i dibuixa una silueta de mitja lluna sobre el ciment. La part frontal de la màquina conserva el vermell d'uns llavis somrients, però el blanc dels ulls i de les dents d'aquella cara simpàtica ha desaparegut sota una capa de rovell. Les molles gruixudes dels balancins despunten entre els matolls, i els seus seients, aparentment arrencats de soca-rel, han desaparegut entre les deixalles. La torre elèctrica s'alça solitària a la dreta.

Les dues nenes fan unes últimes passes, a poc a poc. Però avancen juntes cap al mateix lloc. S'aturen davant d'un gronxador que conserva una sola cadira. El seient se sosté per una de les dues cadenes i oscil·la al vent. La segona cadena està partida per la meitat i un tros encara penja del travesser; l'altre extrem cau cargolat a terra.

La Vera s'abaixa i agafa la cadira. L'aferra per la cadena trencada i l'acosta a la punta que penja de la barra horitzontal. Quan ja les té a tocar, fa petar la llengua i uneix les baules dels dos extrems amb el mosquetó. Llavors fa una passa enrere.

La Lila l'ha estat observant tota l'estona amb la boca oberta. Sense dir res, la Vera torna a avançar i comprova la solidesa del seient acabat de recompondre tot estirant la cadena amb les dues mans. El gronxador xerrica però aguanta. Llavors es mira la Lila i la convida a asseure-s'hi. La Lila dubta. Somriu. Por i curiositat. Quan s'hi asseu, mesura cada moviment, examina els costats abans d'agafar-se de les cadenes i només separa els peus de terra, que fa ballar tímidament en el buit, un cop se sent prou segura.

Rep una primera empenta, una segona, i una altra i una altra. I tot d'una vola. Vola per sobre dels matolls secs, per sobre del somriure estèril del tren i de les barres retorçades, més enllà del parc i del turó. Amb cada embranzida sent la brisa a la pell, ara més fresca, invisible i suau com si vingués d'un altre món més transparent. Els ulls li brillen.

Després li arriba el torn a la Vera. I de nou a la Lila. Pugen i baixen del gronxador sense necessitat de dir-se res ni de demanar-ho.

Cap de les dues compta el temps. Els cossos s'estoven amb cada impuls, reaccionen sols, al joc, a l'oblit, a les mirades per dir-se ara tu i ara jo. Fins i tot s'atreveixen a xisclar quan la panxa els fa pessigolles.

Quan tot s'interromp, de sobte, el somriure encara els dura uns instants, com si fos més fort que el terror. Després desapareix sota una perplexitat de dents serrades i llavis contrets.

Un so inesperat ha desfet l'encant.

Una pedra, probablement un tros de runa, s'ha desprès del turó fora de la seva vista i ha rodolat pendent avall fins a anar a petar contra l'esplanada.

Un segon espetec mata qualsevol dubte. Algú s'aferra al formigó i puja pel mateix lloc per on elles ho han fet abans.

—Corre! —crida la Vera.

La Lila està paralitzada, la mirada fixa en el límit del barranc. La Vera l'agafa del braç i la llança amb violència en direcció contrària. La noia ensopega i cau, i llavors, en l'instant mateix que posa les mans per no anar de morros, les pupil·les li tornen a la vida. La Lila s'incorpora d'un bot i fuig espaordida com un animal que se sap descobert. Corre, salta obstacles i es llança sense pensar-s'hi pel pendent oposat. Desapareix de la vista.

La Vera espera. Inclina l'esquena i flexiona les cames. Primer s'aguanta les ganes de pixar que li han vingut tot d'una però després deixa que l'orina li corri cames avall. Passa un segon, dos, apareix una mà a la vora del precipici; tres segons més i el sol, ja molt baix, s'apaga un moment en ocultar-se darrere d'una de les bigues de la torre elèctrica. Després la claror la torna a enlluernar. Veu aparèixer un grup d'homes. Tenen les cares cremades. Vesteixen parracs.

Comença la persecució. Els homes l'encalcen. La Vera corre i esbufega. Cau i s'aixeca, rodola per terra i s'agafa amb les mans a tot el que pot per impulsar-se endavant i escapar. Xoca contra murs i s'esquinça roba i pell. El vestit li cau fet bocins entre la brutícia; perd una sabata i la grava se li clava a la planta del peu. Tot es redueix a sang, suor, pols; tot és velocitat, afany, i el més pur desig de fondre's.

La Vera i la Lila corren en direccions contràries, sense rumb. Cadascuna fuig com pot. Ara no poden pensar en què els passaria si les atrapen. Ni tan sols poden pensar en l'altra.

Corren tant com poden, amb els ulls desorbitats, buits de paraules. I quan corren, riuen.

I reprimeixen unes ganes salvatges de cridar.

La meva Gioconda i altres mecanismes de repetició

I

No sé on vaig néixer ni quina edat tinc. Disset anys? Divuit potser? Els homes sempre em diuen que semblo més jove. «Una edat indefinida», diuen. He crescut aquí i allà, sobretot al carrer. He viscut en dos orfenats, tot i que el primer no el recordo gaire. Quan intento fer memòria de quan era molt petita només em ve una claror intensa, com els esclats que es veuen quan et fregues fort els ulls. Una claror que no em trec del cap. La segona institució, en canvi, sí que la tinc molt present: era un edifici amb els sostres alts, les parets verdes i nens que no et miraven realment i et prenien el menjar si no vigilaves. Els cuidadors eren severs i a la directora li agradava molt parlar-nos quan ens caçava sols pels passadissos: que si no t'esforces no serviràs per a res, que si neteja't bé, que si tens un deute amb la societat, que no tindríem per què mantenir-te i que fes el favor d'estar-te calladeta i portar-te com Déu mana. Després em van voler a treballar en una casa de senyors. Vaig tenir sort. Persones riques. «Són amos de tres diaris i dues editorials!», em va explicar la senyoreta Adèle, la governanta, amb el seu francès antipàtic. Netejava tot el dia: la pols, les llars de foc, la plata quan el majordom es posava malalt —cosa que passava sovint—, els excusats, la roba i la cuina després que la cuinera donés per enllestida la feina i s'assegués al balancí per mirar la tele i dormisquejar. De set del matí a les nou del vespre, i més tard si s'acumulava feina a la cuina.

Mai no em van dirigir la paraula, els senyors. Només rebia ordres de la senyoreta Adèle. Em penjava una llista de «tasques» a la porta de l'habitació quan encara no havia sortit el sol i em vigilava la resta del dia mentre fullejava revistes de decoració i jardineria. La casa es va incendiar i hi va morir molta gent, el senyor va acabar calcinat; la senyora, cega. «Les retines cremades», vaig sentir dir-li a un veí. La senyoreta Adèle també va morir, ofegada pel fum. A mi em van fer fora, com a la majoria del servei, i vaig haver de viure altre cop al carrer.

No he tingut mai cap somni. No somio a les nits. Tampoc no ho faig desperta, ni coses bones ni dolentes —només negror quan no penso—, però si alguna vegada he desitjat una cosa ha sigut arribar a ser la governanta d'una casa important. Que els senyors em parlin, poder atendre els assumptes de la casa i no deixar que mai ningú a les meves ordres passi res per alt. M'agrada que les coses estiguin endreçades, polides i al lloc que els pertoca i, a la vegada, com ho diria... també tinc l'altre impuls. I no sabria com definir-la, aquesta altra cosa meva, sempre em falten les paraules. Crec que és com una mena de ganes d'abraçar-ho tot i estrènyer ben fort, fins a perdre l'aire. No ho sé explicar de cap altra manera.

***

19 de novembre. Dia per rememorar. Un altre. Soc un home que només acumula dies. Ella seia allà, a tocar de la porta posterior d'un pub infecte, entre dos contenidors d'escombraries i envoltada de merda de cavall. Una deixalla. Mai no m'han cridat l'atenció les persones. Déu em guardi de les persones i les seves converses. No hi ha ningú tan interessant com per aguantar-li més de vint minuts de xerrera. També m'he creuat amb mil indigents a la vida i tampoc no els he trobat mai cap encant, ni decadent ni de cap mena. No m'agrada la porqueria en si mateixa. Però m'atrau la nit. Caminar sol de nit, els carrers tapats, amb el silenci tens de la ciutat que dissimula la banalitat del món. La nit juga amb les ombres i els secrets. Són els contrasts, la llum, tota la composició, el que em parla. «El que em parla», quina manera de dir-ho, oi? Arrossego tantes expressions del passat: conductes en el buit, com els gossos quan intenten enterrar la pròpia merda a l'asfalt. I és que abans em creia un gran artista. «Christopher l'Ocult», així m'anomena-

ven els crítics. Tots salivaven per mi. Jo mateix ho feia.

Aquella nit ja sabia que havia perdut la partida de la vida, feia temps que ho sabia: ni ambició ni fama ni res. És clar que potser l'ambició no l'havia perdut del tot. Ambiciós fins al ridícul. Quedaven lluny els titulars inflats de diaris i revistes: «El fotògraf de les ombres i l'arquitectura de guerra», «dels nous sentiments», «de l'expressió que no es deixa copsar per l'ull nu». Tot oblidat. Però jo seguia insistint. Sempre segueixes insistint. Ni que sigui d'amagat.

19 de novembre. Plugim de tardor. Els carrers coberts d'una pàtina llefiscosa i la claror dels fanals desfeta en mil estels lletosos sota els peus. Ella, la desconeguda, l'expòsita, la composició maleïda, em contemplava des del seu racó de porqueria sense fer res. Ni tan sols em va demanar almoina.

Li vaig oferir una mà.

La va acceptar.

***

El senyor Christopher em va descobrir mig morta de gana, al carrer. Sempre m'ha repetit que vaig ser això, un descobriment. Recordo que m'observava com si ho fes a través del forat d'una porta.

***

La noia estava xopa. Jo també. Ja feia temps que no m'enduia el paraigua per als meus passeigs nocturns. Només el bastó i la gorra. I el bastó per sostenir-me, perquè cada cop em marejo més.

—Senyor, no tinc res —em va dir.

Dreta se la veia més alta. Esprimatxada i alta, amb l'esquena una mica encorbada com un llop famèlic. Duia un vestit de sac i uns enagos esgrogueïts tacats de fang i de ves a saber què més. Amb una mà estrenyia un mocador vell al voltant del coll. Tota ella un immens no-res, com un d'aquells forats negres dels físics, que es veuen pel que amaguen. Si hagués portat la càmera...

***

—Senyor. Puc netejar —li vaig dir.

***

Un cop a casa, el Robert em va ajudar a despullar-la i la vam banyar. No vaig sentir cap desig. Mai no he tingut la sort de ser d'aquella mena de persones que troben la plenitud en el sexe. No ho soc ara; no ho era abans tampoc. Que fàcil que hauria estat tot.

El Robert, amb més de cinquanta anys al servei de la família, la tocava com si passés el drap per una escultura que hagués passat de generació en generació. Jo l'imitava.

Dins la banyera, la noia semblava molt poca cosa. Amb textura de peix, o de nounat.

Més tard, el Robert la va vestir amb un uniforme de donzella que va recuperar del fons del traster.

***

Aviat vaig notar que el senyor Christopher em mirava molt mentre feinejava. No vull dir que ho fes com ho acostumen a fer els homes. Sempre s'ha comportat amb respecte. Des del primer dia. El senyor Christopher crec que no és així: no s'ha tocat mai mentre em mira ni ha provat de ficar-me la mà sota les faldilles. Tampoc no ho fa quan està sol, això de tocar-se. Soc jo qui neteja la roba i no he trobat mai cap taca amb aquella fetor agra del desig dels homes quan es marceix a la tela. El senyor Christopher tan sols m'observa. Tampoc és que faci gaire res més durant el dia. Es passa hores estirat a la butaca de la sala dels miralls, fumant i buidant ampolles de brandi que acumula als prestatges dels llibres.

La sala dels miralls és immensa, més gran que el menjador i la capella del meu segon orfenat junts. Suposo que s'hi està bé. Del sostre pengen tapissos i motllures plenes de cargolaments. Hi ha cinc miralls, un de gran inclinat davant de les butaques i quatre de més petits repartits a les altres parets. I tots han d'estar sempre «immaculats». Aquesta és la paraula que va dir el senyor Robert quan m'ho va explicar: «Cap marca, cap ditada, sense pols als marcs, han de quedar im-ma-cu-lats».

Haig de dir que aquests miralls m'esgoten. Però no em queixo. Si per aconseguir que estiguin nets haig d'estar-me cada dia una hora repassant cada mil·límetre de reflex, ho faig. El senyor Christopher és allà mateix, i el dolor als canells i a l'espatlla acaba sent una càrrega que accepto i agraeixo. A més, el senyor Christopher també pateix, però per dins, com la gent educada. Una companya de la casa que es va cremar i amb qui compartia dormitori una nit em va confessar —ho va dir així: «et vull fer una confessió»— que només l'excitaven els homes que li despertaven el desig de ser tendra amb ells. Jo no soc així. I ara! Em sento atreta pel patiment del senyor Christopher, és cert, però no seria mai tendra amb ell. Ni amb ningú, de fet. Si vull la seva aflicció és perquè fa que s'estigui a casa, que em miri i que fins i tot em parli a vegades, a mi, a la serventa. A les nits segueix sortint força, «per perdre's», repeteix i riu, i no torna fins a altes hores de la matinada. D'un temps ençà, però, diria que ho fa una mica menys, això de vagarejar pels carrers. A mesura que passen les setmanes sembla més... no sé... atent potser? Més tou? Familiar? Però no importa que no sàpiga la manera bonica de dir-ho, perquè jo frego i frego amb el drap, que és una cosa que sí que sé fer a la perfecció. Ni una marca, ni una ditada, com si no s'hi hagués reflectit mai ningú, en aquells miralls.

Els meus miralls.

***

Sembla que gaudeixi treballant com una esclava. Crec que vaig descobrir *une petite soumise*. Una d'aquelles rodetes dentades que només somriuen quan troben l'encaix.

***

Això va passar un matí d'hivern. Havia encès el foc, tenia els dits congelats i treia la pols de la llibreria de la sala dels miralls. *Tractat de la llum*, *L'art de la composició de les imatges*, *La bellesa de la Medusa*, tot de títols així. Sempre m'ha agradat llegir els títols dels llibres dels senyors. No són com les notícies dels diaris, que t'adormen i et deixen la ment en blanc; els títols et fan imaginar coses.

Repetia aquells noms estranys mentre contemplava la fotografia d'una dona sobre una de les lleixes.

—Vols saber qui és, oi?

La veu del senyor Christopher em va glaçar la sang.

—Perdoni —vaig fer en veure'm descoberta.

—No passa res. És normal que tinguis curiositat.

Mantenia els ulls baixos, però mirant-lo de reüll, com feia a l'orfenat quan no em volia perdre cap detall d'un càstig.

—Qui és? —vaig xiuxiuejar.

—Ja no hi és.

—Ho sento molt, senyor. Em sap...

—No ha mort, no et preocupis —em va interrompre rient—. Simplement va marxar. Puf, esvanida!

Vaig tornar a examinar la dona del retrat: la cara com de guix, amb un abric fosc fins als peus i una jaqueta creuada amb botons platejats. Cabellera negra, irreal de tan llisa, ulls estirats, com de guineu. Era una noia oriental, «immaculada» potser? Semblava una d'aquelles actrius de teatre quan surten d'un restaurant car. Se la veia esplèndida, i malgrat tot, com tants altres objectes de la casa, em va fer l'efecte de ser tan sols una cosa entre coses, que es deixa al seu lloc i ja no es toca més.

Vaig donar un toc de plomall al retrat i vaig continuar, contenta de tenir l'atenció del senyor.

***

Amb el vestit de serventa, el davantal i la còfia que li recollia els cabells com un bressol, semblava que hi hagués viscut tota la vida, a la mansió. I tenia certa gràcia, no ho puc negar. Potser era l'abnegació amb què ho feia tot, ves a saber. La veritat és que m'agradava observar-la. No és que em relaxés fer-ho, però m'esmolava els sentits, i quan menys m'ho esperava em provocava un d'aquells calfreds plaents que et pessiguen l'espinada. Per això em va resultar tan molest que em fes pensar en la Naeko. Havia estroncat la seva màgia involuntària.

Aquell retrat l'hi havia fet jo —sempre vaig voler creure que ningú no retratava la Naeko com jo—. El dia de la fotografia també el tenia ben arxivat en alguna circumval·lació del cervell. Pertanyia a l'època de les grans festes. Era d'un dia de premi, sis anys enrere, al Palau de les Arts. Química esnifada, música, reunions socials i mans que estrenyien la meva amb ganes de ser tocats pel dit que tan bé escollia el moment de prémer el botó de la càmera. La Naeko era perfecta per a aquesta mena d'esdeveniments. De fet era perfecta per a moltes coses. També va ser la primera que em va clissar, que va aferrar-me pels collons de l'ànima. Va endevinar-me com ho fan els franctiradors amb el moviment del seu objectiu. Devia ser una mica bruixa, la Naeko.

—Tu et penses que vols ser com un déu, adorat o alguna cosa per l'estil, però t'equivoques —em va dir en un reservat del Palau. Anàvem beguts. El trofeu que havia guanyat, un tros de coure verdós que pretenia ser una mena d'home-càmera, «metàfora de l'artista», s'estava a la taula entre copes de vi i ratlles de coca.

—Naeko, em fas por quan et poses tan seriosa.

—No ho estic sempre?

—Potser sí.

Vaig fer un glop a la primera copa que vaig atrapar. Les parets donaven voltes.

—Potser vull colonitzar les ments de les persones —vaig continuar de broma—. Com més personetes pensin en mi, millor. Individualitats indefenses que cauen sota la meva llum. Ja saps, com un déu que envia imatges a la terra i després s'asseu i contempla com tot de pobres desgraciats s'esforcen per posar-hi paraules, interpretar-les i donar-se importància mentre ho fan. Ser un déu que es burla de tot aquest capficament.

La Naeko m'observava sense dir res. Esperava. I llavors:

—Tu no ets cap déu, Chris. Ja t'ho he dit. Més aviat al contrari. Però ets una persona religiosa, això sí que t'ho concedeixo. El que desitges en el fons és fotografiar alguna cosa divina, i no et conformaràs amb menys.

La Naeko era una nihilista i una atea bel·ligerant. Dient-me allò m'estava avançant el que havia de passar: que tard o d'hora m'abandonaria; que jo ho perdria tot per un impossible. Tret encertat.

I ara, sis anys després, el meu gosset abandonat, salvat dels carrers, el meu forat negre particular, diligent i polit, amb la seva còfia angelical, es mirava el retrat d'aquella bruixa japonesa amb admiració. Per a ella devia ser una imatge exòtica i perillosa, probablement incomprensible; una visió plena d'expectatives i mil promeses de conte de fades. Un lloc on una noia com ella, que no ha tingut mai res, podia somiar.

També vaig pensar que aquella noia s'havia enamorat de mi. Començava a estar-ne convençut, d'això: «Li he donat un sostre i un plat a taula i mentre treu la pols em veu amb ulls negats d'ideals romàntics».

No hi vaig voler pensar més.

Però em vaig repetir que hauria d'haver cremat totes aquelles fotografies feia temps.

II

Hi havia la sala dels miralls, hi havia el rebedor, amb un rellotge de peu immens, les terrasses, la zona dels senyors i del servei, i una habitació tancada on no hi podia entrar en absolut. «És l'estudi del senyor Christopher», em va explicar el senyor Robert. «No hi has de fer res, tu, allà». Era l'única cambra que em tenien prohibida. De fet no hi entrava ni el mateix senyor Christopher, o jo no l'havia vist fer-ho mai. Quan, al cap d'uns mesos, el senyor Robert em va cedir les claus de la casa i em va dir: «A partir d'avui tindràs una responsabilitat més», no me'n vaig poder estar. Després de tant de temps bé havia de necessitar una repassada, aquell lloc.

Un vespre que el senyor Christopher havia sortit i el senyor Robert s'estava al recambró de l'àtic amb la seva col·lecció de segells i el fons inquiet del foc a terra, em vaig plantar davant de l'estudi amb el plomall i un grapat de draps nets. D'entrada el pany se'm va resistir. És un d'aquells de ferro colat amb una clau llarga com una pota de gall. Vaig haver de forcejar una mica, però a la fi la vaig obrir amb un parell d'estrebades.

No havia vist mai un estudi fotogràfic. Tants aparells només per atrapar la llum.

El primer que vaig fer va ser obrir cortines i finestres. A fora la nit era força freda, amb boira. La claror d'un fanal de mercuri va ficar-se dins l'estudi i tot es va cobrir com d'un color de brases. Vaig agitar un drap, com si volgués expulsar amb el meu rebuig la fortor de resclosit que s'hi sentia. No ho vaig aconseguir. No comprenia el funcionament de totes aquelles màquines, però mentre passava el plomall, la curiositat em va fer prémer botons i accionar palanques boterudes com dits d'infants, només per veure què passava. Els aparells em van ignorar.

Mentre feinejava les vaig descobrir. Al fons, cobertes per una tela, hi havia dotzenes de fotografies de diverses mides recolzades a la paret. Algunes estaven emmarcades, però a la majoria la imatge es retallava nua contra altres imatges igual de desprotegides. Gairebé totes eren en blanc i negre. Vaig passar la vista per ciutats destruïdes, muntanyes de runa i nens amb parracs i pals, remenant la brutícia o jugant. També hi havia soldats en plena marxa, i morts amb els ulls enfonsats, amuntegats com sacs de farina bruta. Les fotografies no em van dir res en especial; no hi entenc, d'art. Però en vaig apartar una i la vaig orientar cap a la claror.

Amb mig cos fora de la torreta d'un blindat, una noia mirava enllà, cap al front, suposo. Agafava amb les dues mans la metralladora. La sostenia amb fermesa, com una mare el seu nadó. Malgrat la roba de camuflatge, tota polsegosa, la noia semblava molt delicada, amb unes mans petites que em vaig imaginar de color fosc, de color d'oliva. Tenia les galtes enceses, arrodonides, el nas una mica arremangat i uns llavis molt estrets, amb una mena de somriure o la ganyota d'un esforç, com quan jo estic morta de cansament i encara segueixo fregant i fregant. Duia un casc molt gros que li feia un cap desproporcionat. El casc semblava una aurèola, i ella, seriosa, immòbil, una verge d'aquelles de les pintures que hi ha a les esglésies dels senyors.

La veu del senyor Christopher em va fer tornar a la realitat.

—Olor de ferro cremat i pólvora. El paviment maltractat per les cadenes del tanc, esclafat, amb reguerons de líquids espessos de ciutat malalta. —Recitava amb veu de nas, dret al llindar de l'estudi, molt borratxo. I va concloure—: Veig que t'ha agradat la meva Donzella Concentrada.

—No volia...

Llavors va abaixar el cap i es va quedar observant la clau que penjava de la porta. Va deixar escapar un estossec. I a mi, que m'havia quedat a mitja disculpa, les paraules em van sortir de cop.

—Estic contenta que hagi tornat aviat —vaig dir-li.

***

Potser no hauria d'haver-me importat res de tot allò, ni l'estudi obert, ni com em sentia i encara menys com se sentia ella, si la feia feliç veure'm o no. Després d'enxampar-la amb les fotografies no se'm va acudir altra cosa que tornar a sortir.

No sabria dir on vaig anar a parar aquella vegada, però no vaig tornar fins que ja sortia el sol i els cotxes portaven els més matiners a la feina. D'aquella nit només recordo crits i so d'ampolles trencades, el rumrum de pubs i teatres, les cares mesclades i la constant repetició del mateix desfici, com el preludi d'una guerra, però cap lloc concret. Vaig arribar a casa esgotat. Amb el cos malalt, arrossegant els passos, sense parar fins caure rendit al peu de les escales.

El record de moltes nits similars em va embotir, com si tot ja hagués passat i només en tingués fragments: arrossegar-me fins a casa, la gola tova de begut, les tremolors, la cartera per terra, el suport d'un Robert sempre mig absent... Però aquest cop no em van recollir pas els braços del meu flegmàtic majordom; era la noia qui m'esperava, asseguda a la cadira del rebedor.

—Què hi fots, aquí?

No em va respondre. Mantenia les mans sobre els genolls com una penitent. Una figura tènue, oculta entre les ombres, com una estàtua de cera, erecta a tocar del rellotge de peu.

—Digues alguna cosa!

Res. Ni una paraula.

A partir d'aquell dia em va esperar cada matinada a la mateixa cadira. Em recollia l'abric i la gorra, i els deixava al penjador amb les seves manetes aspres de serventa. Fins que no queia esgotat al llit no la sentia tornar a la seva cambra, tímida, amb passos d'animalet de bosc que em feien venir ganes d'aixecar-me de nou i fer-li jurar, de genolls si calia, que no tornés a seure mai més allà, sota el rellotge. A la nit. Que ningú no li havia encarregat mai aquella feina.

***

El senyor Christopher va començar a sortir cada cop menys. I jo sentia una mena d'escalfor aquí, entre les costelles, a l'altura del cor. Vull creure que el seu canvi era perquè jo l'esperava.

***

No sé quan va ser. Tres setmanes més tard, potser un mes. La temperatura s'havia suavitzat però tornava a ploure. No havia parat en tot el dia. El rellotge del rebedor estava a punt de marcar la mitjanit i jo amb prou feines m'aguantava dret. Em recolzava a la porta del cancell amb les dues mans.

—Esperi, li portaré una tovallola —em va dir aquest cop.

—Això és el que saps fer? —li vaig preguntar.

—No sé a què es refereix, senyor.

—Tothom vol mostrar el que sap fer. Tothom és igual.

Ella tan sols va desaparèixer per la porta de servei sense respondre'm. Al cap d'uns instants tornava a ser allà amb la tovallola.

Quan l'hi vaig prendre de les mans, les tenia gelades com les d'un mort.

—Saps una cosa? —vaig començar—. Vaig fer un pacte amb el diable, jo. Ho sabies? —Ella va acotar el cap en sentir-me dir això—. No et fa por?

Va fer que no amb el cap sense aixecar la vista de terra.

—Però què coi vols? —vaig insistir.

I altre cop res.

***

Moltes hores les passava cosint, de vegades només amb la claror d'una espelma, al quarto de cosir o mentre esperava que el senyor Christopher tornés de les seves sortides nocturnes. Sempre hi ha peces de roba o cortines per sargir, i tenir una agulla a la mà, aferrada entre els dits, és un plaer que, quan hi penso, crec que es deu assemblar molt a ballar. Jo no he ballat mai de debò, és clar. Només ho he fet sola, quan ningú no em veu, o pel carrer, quan algun senyor m'havia fet beure i els peus i els braços se'm tornaven com les ales d'algun animal que no era ben bé jo. No he estat mai a cap festa ni cap senyor m'ha convidat a cap ball. Però cosir, fer voltar l'agulla i que el fil et segueixi: travessar la tela, la renglera de puntades i la cicatriu de fil que deixa al seu pas... Em fa l'efecte que és una mica com dansar amb les mans.

—En aquesta habitació hi fa massa fred —em va dir una tarda el senyor Christopher. M'ho va comentar de passada, des del passadís, i després va marxar.

Al cap d'uns dies em va oferir una cadira a la sala dels miralls.

—Si et saps estar en silenci pots seure aquí.

Sempre ho estic, en silenci.

Vaig començar a passar moltes hores allà, cosint, mentre el senyor Christopher omplia les estones estirat a la butaca, davant del foc, llegint el diari amb el front arrufat. No sé què hi llegia, però fos el que fos sempre remugava alguna queixa i jo m'estava molt d'esbrinar què havia dit. Bevia molt, el senyor Christopher, i això el feia parlar sol, en veu baixa. També s'endormiscava i es desvetllava de sobte, com si l'hagués espantat algun temor invisible. Quan jo abandonava la sala ell sempre tenia els ulls envermellits per l'alcohol i el fum de la llar, feia llàstima de veure. Menjava poc.

Un vespre, després d'un sopar fred, mentre recollia els plats, em va tornar a parlar de la seva «gran derrota», allò del diable i el pacte que assegurava que hi havia fet. I jo, bé, amb la determinació amb què faig una puntada, potser massa decidida i tot, em vaig deixar dur per la conversa.

***

—Recordes el que et vaig explicar? El meu pacte? La meva maledicció? —vaig dir-li.

Ella s'allunyava amb un plat a la mà com si no m'hagués sentit. Crec que ho feia veure, que no m'escoltava. Llavors vaig allargar el braç i vaig agafar l'ampolla de brandi. Vaig escurar-ne el cul. L'ampolla em va caure a terra quan la tornava a la tauleta.

—He conegut el diable —vaig tornar-hi—. Cara a cara. Tal com estem tu i jo ara. Ell em va venir a buscar i jo li vaig obrir la porta.

—A l'orfenat vaig veure coses...

—No, no. —Em vaig alçar d'un bot. Que em respongués amb les misèries del seu passat va ser com si m'haguessin abocat a un precipici—. No em refereixo a això. Hi ha desgràcies pertot arreu, ja ho sé. Cada cosa que tenim, cada plaer —vaig assenyalar l'ampolla a terra—, especialment cada plaer, té un fons de vides esclavitzades. Però no és això.

—No puc entendre el que diu, senyor.

La noia tornava a seure al seu racó i plegava les mans sobre els genolls. Havia deixat el plat sobre una tauleta.

—El diable, dic. —M'hi vaig apropar. Potser era la imatge de tots dos junts el que m'atreia en el fons: jo, com si m'anés a agenollar als peus de l'estimada; ella, la impertorbable. Potser era l'alcohol, qui parlava—. Em refereixo a l'etern, l'àngel caigut, el savi. El que et coneix amb una sola mirada i sap què vols, què coi vols de debò. Allò que faria que traïssis els teus propis fills si fos necessari.

—No crec que hi hagi res...

—No em creus? Doncs la Naeko sí que em va creure. A la seva manera em va creure. «Allunya't d'aquesta persona», em va advertir. Ella li deia persona, però no ho era pas, un ésser humà. El monstre em va prometre que si li donava la mà...

—És per aquest motiu que ha deixat de fer fotografies?

Aquella veu seva, infantil, de poqueta cosa, em va travessar com un punxó candent. Vaig gemegar. Recordo un regust metàl·lic a la boca, com de sang, i l'esforç per contenir no sé quina ràbia que em furgava per dins.

—Això és el que vols tu també? Que torni a agafar la puta càmera? Vols més fotografies?

No va respondre i va abaixar la mirada.

Tornava a ser lluny, al lloc que fos que s'estava quan esperava.

—Segueix cosint, au —vaig ordenar-li llavors, i em vaig deixar caure de nou a la butaca—: I baixa al celler i puja un parell d'ampolles més de brandi. No t'entretinguis.

«Allunya't d'aquesta persona» —m'havia demanat la Naeko. I havia afegit—: «Ningú no et pot prometre la fotografia perfecta, captar allò irrepetible, diví. És impossible, Christopher. Im-pos-si-ble».

Però jo m'havia cregut el diable i la Naeko havia marxat.

***

Temia haver ofès el senyor Christopher. Jo no li demanava res. No hauria gosat mai fer-ho. M'hauria agradat respondre-li que jo no volia cap cosa, i que aquell mirall que s'alçava sobre nostre com un Sant Crist immens fos testimoni de les meves paraules, però no vaig poder dir-li res. Mentre l'escoltava parlar del diable, el tou dels dits em cremava, havia de fer esforços per estar-me quieta. Em rosegava una mescla de vergonya i de ganes de riure estranyes que em va costar molt contenir.

Aquella nit el senyor Christopher va tornar a beure com els primers dies i va sortir. Va arribar molt tard, feia temps que no tornava tan tard, i el vaig haver d'ajudar a pujar les escales fins al dormitori.

***

Quan vaig tornar a casa no podia dormir i sabia perfectament per què. Aquella noia m'havia provocat, així, amb el dit a la nafra, gairebé com si es burlés de mi. I ara pretenia calmar-me? Portar-me al llit i tapar-me amb llençols nets? Com un vell malalt? Havia furgat a la ferida, ja feia setmanes que ho feia, això de provocar-me, i jo no me n'havia adonat. Ridícul de mi, sentia altre cop unes ganes furioses de fer, de produir, de descobrir o de com cony es vulgui dir aquesta merda inquieta que no ens deixa viure als que són com jo. Suposo que l'entusiasme no es perd mai si se l'alimenta amb la dosi justa de verí. Sol, abraçat al coixí, mussitava tots els passos a seguir, els que havia repetit mil vegades, els meus automatismes, com si tant de temps sense treballar m'hagués pogut fer oblidar el més bàsic i necessités passar llista de cada detall: netejar els objectius, el rodet, el negatiu i l'espiral, deixar llestos els tancs revelats, els químics...

Sí. La dosi justa de verí. L'endemà em vaig llançar al carrer com un boig feliç de viure.

Vaig fer dotzenes de fotografies. Els carrers m'ho van donar tot. «La ciutat ja té prou ombres per enredar el personal, no et calen les guerres», això també ho deia la Naeko. I tenia raó. O la tenia en part. «Però no t'enganyis, Chris —m'advertia—, allò sublim són només sis lletres».

***

Aquell matí el senyor Christopher semblava una persona diferent. Em va espantar veure'l tan alterat. Va sortir de casa amb dues càmeres penjades del coll i la cara una mica com la que fan els homes quan estan excitats. Quan va tornar, ben entrada la tarda, exclamava que sí, que per fi havia pogut tornar a mirar les coses «com un nen». Va dir exactament això: «Com un nen indiferent als sentiments dels altres. Renascut!». Després em va ordenar que preparés el te i es va tancar a l'estudi.

Si és veritat això de veure-hi per primer cop, com tornar a néixer, crec que jo dec haver renascut moltes vegades, perquè el dolor de l'orfenat el sento cada dia com si fos el primer. Sento moltes coses sempre igual:

el tacte de pell fina del senyor quan em va recollir del carrer, cada puntada amb l'agulla de cosir, el tic-tac del rellotge... Tot idèntic, i suposo que per això una miqueta nou, també.

***

Cada fotografia que havia fet tenia una mena de pla: un pensament que es mesclava amb la cosa i que l'havia de dur més enllà, forçar-la i fer-la esclatar als morros d'aquell espectador abstracte i servil que habita dins la ment de l'artista. Per un dia vaig tornar a creure que podia retenir la sorra entre els dits. Els homes som així d'obtusos. Amb els negatius ja vaig sofrir el primer desengany: res no s'assemblava ara al que havia vist i imaginat, no res com el que havia sentit amb els clics quan havia disparat la càmera. Les esperances morien una rere l'altra quan les revelava.

Vaig acabar agenollat a terra, amb les mans tremoloses i aquella fortor de laboratori i de solitud, de fracàs. Un altre cop. «Només enredar el personal», només això, el de sempre. Bones fotografies i ja està. La mateixa llàstima mil vegades fermentada.

***

Quan va irrompre a la sala dels miralls, el senyor Christopher semblava un d'aquells nens de l'orfenat quan arriben a la institució i han de passar la primera nit sota l'amenaça de quatre parets buides, amb estranys, on ningú no et vol. Tenia els ulls inflats i les galtes amarades de llàgrimes. La camisa oberta, les mànigues a l'altura dels colzes i les mans nues i xopes de suor.

I mentiria si digués que no vaig saber immediatament què havia de fer. Amb el cos dur com el marbre, li vaig oferir la meva falda.

Estrènyer fort.

Estrènyer i acaronar l'escalfor dolça d'un cos destruït.

***

La veritat em va travessar com una fulla de gel, amb aquell gir sanguinari de la baioneta per desfer òrgans i budells. El mirall gran ens reflectia, a tots dos. El moment retingut sobre la superfície polida: l'home que no pot parar de desitjar; la pietat, totpoderosa, que el recull i el sosté com el drap llastimós d'ossos, músculs i aigua bruta que som.

Aquella era la imatge per la qual m'havia venut l'ànima. Preciosa, perfecta. Ara sí. Per fi la tenia davant. El diable havia complit la seva paraula. Però el clic, el mecanisme que ho podria haver aturat tot, que ho podria haver rendit a les meves mans, era fora del meu abast.

Només de pensar-hi ja feia tard.

Mentre m'anava enfonsant, aquella pietat acriaturada de còfia i davantal ni tan sols em mirava. S'estava amb els ulls perduts en algun punt fora del meu abast. Els tenia negres com un corb, sense cap mena de blancor. I el seu somriure... A penes dues línies de carn tensa, perceptible només a les comissures dels llavis i en un lleu enrogiment de les galtes.

Alguns dirien que ni tan sols era un somriure, que només era la ganyota d'una victòria llargament esperada.

Fins que trenqueu la closca de la cosa

El tècnic de radiologia sempre acaba amb les mateixes paraules. Sovint em treuen de l'endormiscament amb què arribo al final de les classes. A mi em semblen una amenaça, però l'home tampoc no és gaire donat a posar-nos les coses fàcils. I no ho ha de fer. No oblideu mai, diu, que és l'aprenentatge el que fa possible cada centímetre de la vostra vida. Cada segon que respireu. Aquí es regala uns segons de silenci. Hi ha companys que l'aplaudeixen, però tot molt mesurat, és clar, que ningú no vol que el Doctor X es fixi massa en ell.

No es diu X i potser no és ni tan sols doctor doctor, dels que tenen tesi. Enginyer mèdic o tècnic de diagnosi, deu tenir algun títol per l'estil, però aquest sobrenom li escau a la perfecció. És un home precís, sempre comença la setmana amb un examen tipus test i, en última instància, no deixa de ser el tècnic de radiologia de la facultat. Doctor X, perfecte.

La Gina diu que l'hi vaig posar jo, aquest nom, però no ho recordo. I la Gina és la Gina. Vaja, que sovint parla sense aturar-se a pensar i només té en compte si la història que s'ha empescat farà gràcia o no. És l'única persona que conec que riu de les seves pròpies bromes abans de dir-les. Riu sola, com una boja. Ja ha rebut més d'una advertència del deganat i, de debò, a vegades em fa por que l'expulsin. Sí, la por... Doncs això, jo estic bastant segura que no li vaig posar pas aquest sobrenom. Que sí, que sí!, m'insisteix ella. Però el setanta per cent dels records són inexactes o directament inventats, així que ves a saber. El que sí que tinc molt clar són dues o tres versions de la mateixa anècdota, perquè la Gina, evidentment, és prou pesada com per gravar-te a consciència les seves històries. Voldria viure una mica dins el teu cap, diu, i saber on van a parar totes les meves paraules...

La Gina: Va ser la segona setmana de classe, quan érem encara més burres que ara i tu t'entossudies a dur aquell peto texà. Com ho pots haver oblidat! Ell va dir, Marquin amb una X la resposta correcta. I recordin que si hi ha dues marques s'anul·larà la pregunta... I tu, sí, Doctor X, a les seves ordres, Doctor X. Et va sentir mitja classe. Quin riure. Des de llavors que hi estàs obsessionada.

Jo no tinc cap memòria d'aquest primer test i encara menys d'haver dit res. No soc així, gens ni mica, i la mera possibilitat de fer el ridícul davant de cinquanta companys nous és més que suficient per tenir-me callada durant setmanes. Però la Gina no es rendeix. En una segona versió: Esther, per favooor! Vas ratllar una resposta i ell no t'ho va acceptar. Jo no veig una sola X, et va etzibar quan li vas anar a reclamar. Si hi ha dues marques la pregunta comptarà com un error. Un llicenciat en medicina ha de mostrar seguretat, senyoreta. No pot vacil·lar mai. I tu, de tornada al pupitre, pum, pum, pum, amb el cor a cent, Doctor X dels ous! I altre cop la teoria que em va sentir tothom.

Estic convençuda que el sobrenom l'hi devia posar la Gina. O potser ja venia de cursos anteriors. Allò que deia de la memòria. Qui ho podria saber segur? Què va passar en realitat? És l'aprenentatge el que fa possible cada centímetre de la nostra vida, senyoreta. És l'aprenentatge diari, la repetició... Els records són fum.

Em temo que encara m'equivoco sovint. Vacil·lo. Dubto. Pum, pum, pum, el cor que a vegades sembla que se m'apagui. No dec haver deixat de ser «més burra», o potser és culpa de la Gina i la seva manera d'arrossegar-me. Potser sense ella ja hauria après a marcar les respostes amb una sola X i no hauria de repassar-ho tot dos o tres cops. Avui fa tard. Com sempre. Arribar puntual és de mala educació, es defensa quan la renyo. I sisplau, que aquestes coses només me les digui a mi! També m'agradaria que això d'avui sigui una broma de les seves. Quan hi penso, el que crec que vol fer, el que volem, les dues... Estic temptada de buscar-me'l amb la mà, el cor, vull dir, però no ho faré aquí fora. Només ho pensaré. Enumerar la cadena de fets per autoexaminar-me, com fotogrames de la ment. La concatenació simple d'esdeveniments que et porten a buscar a dins, sota la pell: u, obrir la camisa; dos, fer lliscar la mà fins a sota els sostenidors; tres, la suor d'un dia sencer a la facultat; quatre, els cops, múscul contra múscul. Entre seixanta i cent batecs en repòs. Cent trenta i cent cinquanta amb exercici moderat o fort. Fins a cent setanta... Només això, imaginar-ho, jugar amb la possibilitat. Però hi ha gent, moltíssima, que em podria veure: oficinistes que entren i surten dels blocs d'administració, solitaris amb americanes cenyides amb pinta d'enginyers d'Intel·ligència Artificial, molts estudiants, com jo, i és clar, el policia que vigila la Sortida Nord. A més, aquí, tan a prop del mur, la remor de l'exterior no em deixaria sentir res. Cap pulsació. Seria perdre el temps. Morta del tot...

Però on coi s'ha ficat la Gina?

Recordes l'home aquell del tren? Això va ser ahir a l'hora de dinar. Se'ns recomana menjar a l'interior de la facultat. Un menjador amb aire renovat cada mitja hora, filtres i purificadors, un termòstat intel·ligent per potenciar el rendiment de la ment, i, de passada, la digestió. Però la Gina i jo sempre anem a fora. Ens asseiem entre les sortides d'aire. El jardí dels ventiladors, en diem. S'hi està bé, amb totes aquelles aspes que giren i giren i apaivaguen la resta de sons com si fossin màquines d'anestèsia per a gegants. Que si recordava l'home del tren? El que fa la Gina sovint també se't grava a neurona fixa. Era divendres, tornàvem a casa després d'un matí de classes teòriques i dues pràctiques a la tarda. Anàvem una mica posades, amb «material» del laboratori, que sempre ens deixa mig marejades. La química i el cansament, ja se sap.

—Em dic Gina!

L'home no respon. Ni ens mira. Ulls clavats a un exterior de façanes monocromes. Encara no hem entrat als túnels.

—Seiem amb tu, d'acord? —I estirant-me de la bossa—. Esther, vine, que hi cabem, aquí.

—La meva amiga es diu Esther.

—Ahà —fa ell. M'ha dirigit una mirada furtiva.

La Gina s'inclina, amb els pits per endavant.

—Què menges per estar tan fort? —li pregunta amb un somriure perfecte a la cara.

L'home arrufa el front.

—L'Esther té un noviet —diu tot seguit. Canvi de tema.

Jo li dono un cop de colze a les costelles.

—Au, nena! —es queixa ella.

L'home s'incorpora una mica i seu més dreçat. Se'l veu tens, o això em sembla. Amb els peus protegeix la maleta que té sota el seient.

—D'acord, d'acord, no és cap noviet. És un pretendent. —I ara, directa a l'home de nou—. Tu encara tens pretendentes? Tens uns ulls macos.

Quan ja em temia que avisaria el revisor i ens posarien una amonestació, va i somriu.

—Veus com es poden fer amics al tren —exclama la Gina tornant-me el cop de colze.

—Estic casat —diu l'home. Una advertència? Una amenaça?

—Nosaltres no!

—Sou joves.

—Som joves —repeteix la Gina. I li dona un cop a la cuixa—. Doncs t'explico. Som estudiants de medicina, i el pretendent de l'Esther, que es diu Avin, em va confessar que troba molt dolç, sí, sí, va dir «molt dolç», paraules textuals, que l'Esther posi noms als casos de mostra.

L'home fa cara de no entendre res.

—Ens reparteixen fitxes, llistes de símptomes, declaracions o grapats de resultats de proves i analítiques. Cada fitxa té un número de referència, però l'Esther hi afegeix: la Queixes, el Mort Vivent, la Sagna, el Després-em-trobo-bé... Noms així.

—Gina, no sempre faig...

—I què li passa al Mort Vivent? —pregunta l'home interrompent-me.

—Hahaha! Que t'ho digui l'Esther.

—Bé... —Recordo el cas però em fa vergonya explicar-ho—: Una queratitis bacteriana aguda —faig a la fi—. Una infecció ocular, com una úlcera a la còrnia que...

— Esther! No continuïs, que ens espantaràs el nou amic.

—Sí, millor. Deixa-ho estar, guapa.

—I què portes a la maleta?

La Gina l'assenyala amb el dit.

—La feina. L'uniforme.

—Ah, sí?

—Ets policia? Ja ho deia jo que estaves molt fort.

L'home somriu de nou. Ara se'l veu més relaxat i no sembla que li importi gaire que la Gina es fumi d'ell una mica. Gairebé es diria que se li han encès les galtes. Acceleració del ritme cardíac, vasodilatació passiva, augment del flux per unitat de temps. El misteri irresolt del rubor. Ara és ell qui s'inclina. Contemplo les seves faccions, prim de galtes, la pell escamada al front i al voltant del nas, amb els pèls mal afaitats solcant una pell granulosa i envermellida. La Gina li ha dit que té els ulls macos, a mi em semblen més aviat cansats, una mica inexpressius, com si fes una eternitat que no plora d'alegria o, de fet, tampoc de tristesa.

Un èczema seborreic, per cert, allò de la pell escamada de la cara. Causes: canvis de temperatura, ansietat, factors hormonals.

Que si m'havia oblidat d'aquell home? Impossible. La Gina em va mirar amb els ulls fets una bola de llum. Un vigilant del mur! Sí, sí, un vigilant. Doncs resulta, Esther, que me l'he tornat a trobar, i hem fet un tracte... Demà t'ho explico.

I sí, ja fa deu minuts tard.

Heu d'educar els sentits. Desconfieu de les primeres impressions. No es mira amb els ulls, senyors i senyoretes. Es mira amb el cap. Paraules del Doctor X. Obro la bossa i trec el primer fitxer que trobo. Exercicis de visió i entrenament. Agafo les radiografies i una ressonància. Examino la primera placa a contrallum. El sol, que ja fa estona que ha sobrepassat el mur, en ressalta les ombres i s'hi manté viu al centre, com un ull opac, cec, indiferent al contingut de la imatge. De reüll intueixo el policia que vigila la Sortida Nord. Per què en diuen sortida si no hi entra ni en surt mai ningú? Ha fet uns passos endavant, m'ha mirat, i ara gira i torna per on ha vingut. Una figureta mínima, emmarcada per una porta d'acer de vint metres i un mur de formigó de cinquanta. Vesteix una protecció de Kevlar, amb unes peces mòbils que li recorren la columna. Si fa no fa la mateixa imatge que tinc a la radiografia: les baules encaixades de la serralada espinal. El policia camina fent repicar fort les botes contra l'asfalt; en canvi, el pobre de la imatge... l'Esguerrat n. 1 (el nom m'ha vingut sol) no ho tindrà tan fàcil. Ependimoma de grau tres a la medul·la espinal. Com l'os d'una oliva que no tira amunt ni avall. La ressonància m'ho confirma. Quan ja soc a l'Esguerrat n. 5, un cop sec a l'esquena.

—Però què fas?

La Gina m'ha fet caure les imatges per terra i una parella d'executius amb sabates negres estan a punt de trepitjar-les.

—Gina, cony!

—Cony tu!

Me la miro. Crec que ho entén i m'ajuda a recollir les fitxes.

—Fa mitja hora que t'espero —rondino.

—Les coses se m'han complicat una mica, però ho tinc tot.

Dona uns copets a la bossa.

—Si no m'ho expliques, no sé què vols dir.

—No aquí. —Assenyala el policia, o la sortida, o el mur. Una oscil·lació de l'índex que ho engloba tot com una pinzellada gruixuda.

Abans de seguir-la, la retinc un segon. Congelo les faccions. Li pregunto:

—Per què en diuen sortida si no hi surt mai ningú?

La Gina somriu.

—Per què en diuen vida si cada segon morim una mica? —Les nostres preguntes, sempre les mateixes, només per a nosaltres. I sense entretenir-se més—: Vinga, que fem tard. —M'agafa la mà i m'estira amb tanta força que gairebé m'estripa el puny de la camisa.

El guàrdia de l'entrada ens dirigeix una última llambregada. Mirada de cèl·lula fotoelèctrica des del fons d'unes ulleres tintades. Se'ns clava a l'esquena com aquell Kevlar que, a ell, sí que el protegeix.

Sé molt bé cap a on anem.

El brunzit de l'exterior es percep de forma diferent quan ets als descampats perifèrics. Exhala del mur com una alenada profunda i constant. És un so proper al silenci. Dedueixo que deu ser una mena d'efecte provocat pels corrents d'aire que circulen per la franja de gespa que s'estén entre els edificis i el mur. En certa manera em recorda la sala RM i el seu repic compassat. El so que ho solca i examina tot. El so que et buida. Pum, pum pum... També hi sento la mateixa tensió, o una que s'hi assembla, en tot cas. La por dels que enclastem dins el nínxol imantat; la de ser al llindar de tot el que es pot veure...

La Gina em condueix fins a la línia de calç pintada sobre l'herba. Tan sols una marca morta, sense color. A un parell de metres, a l'ombra d'una fila interminable de plataners esporgats, s'estén el fossat, gris com els troncs dels arbres. Segueix tot el mur. S'hi podria baixar amb un salt. Però no ens atrevim a acostar-nos-hi més. La violació del perímetre de seguretat serà castigat per les autoritats. Amonestació molt greu. Cartells i avisos fixats al mur cada quinze metres. La Gina seu a la gatzoneta i m'indica amb la mà oberta que faci el mateix. La gespa és càlida. Estem soles. Sense cap finestra de cristall de plom per protegir-nos, penso.

—Si ens enxampen ens faran fora de la facultat.

—És una oportunitat única.

—Com a mínim.

—Com a mínim què?

—Que com a mínim ens fotran fora, que anirem a...

—Tens por?

No li responc.

La Gina posa aquella cara seva de severitat i burla imminent.

—Quan siguem com aquells —assenyala l'escampall de caps minúsculs que circulen per l'avinguda principal—, i t'asseguro que això ens passarà tard o d'hora, trobaràs a faltar l'època en què tot t'importava una merda.

—I quina puta època va ser aquesta? No és pas ara.

La Gina em mira, un instant d'expressió hieràtica, i de sobte esclata i comença a riure. Per molt que m'esforci a reprimir-me acabo fent el mateix.

Poc després, encara amb llàgrimes als ulls:

—Què t'ha demanat?

La Gina torna a picar la bossa.

—Ho tinc tot. Al final són com qualsevol persona.

—A mi em va semblar més apagat que «qualsevol persona».

—Apagat?

—No sé... més tancat, o llunyà.

—Més humà.

Arronso les espatlles. Humà? La paraula llatina em ve al cap: *Humanus*, que procedeix de la terra...

—Però això no importa ara —fa la Gina en un to sec. No es pot estar de vigilar el fossat. Abaixa els ulls com una enamorada—. Tu m'ho vas demanar i ara ja ho tenim.

—No t'ho vaig demanar. O no exactament.

—Però vas posar la llavor.

—Tan sols perquè et vaig preguntar per què en deien sortida?

—I jo què sé. Anaves ben entonada quan ho vas fer. Sort que érem al lavabo de la discoteca i no et va sentir ningú...

—No érem a cap lavabo.

—Que sí. Al soterrani del Vinil 14. La segona nit que vam sortir juntes. Tu et volies lligar aquell nano que semblava tret d'un museu de cera. Absolon, Lebron, Anton...

—Es deia Aaron. I no vam anar al Vinil 14 fins després dels primers exàmens...

—Hi havíem de ser perquè estaves fumant. —Lògiques de la Gina—. T'aguantava el porro mentre et perfilaves els ulls. I tu: Gina, tia —m'imita la veu—, que va i em diu que sí, que vol anar al cotxe amb mi. Al cotxe? Coi de pallasso! Si hagués volgut anar a cap cotxe amb ell no hauria esperat tant!

—Mira, Gina, com tu vulguis. Passo de portar-te la contra.

Recordo aquella conversa del cotxe. I la decepció.

—Totes dues enclaustrades dins un cubicle amb pudor de pixats i lleixiu. —La Gina insisteix—. Les olors i els records. Neurones que encaixen, Esther, neurones que encaixen.

—La marihuana.

—Exacte. Marihuana, pixats, lleixiu.

—I tu vas respondre que morim una mica cada dia.

—La vida, la paradoxa.

—Qualitat dels animals i plantes que neixen, s'adapten, es desenvolupen, reprodueixen i...

—... i moren. Una mica cada segon.

Vam quedar-nos uns segons callades. Només el brunzit, les dues assegudes a la gespa i aquell coi d'arbres tristos de color cendra.

—Coneixes algú que hagi vist l'altra banda del mur? —Les mateixes preguntes, sí, i el Doctor X que em torna a ressonar a dins (potser sí que hi estic obsessionada). Han de reproduir el ritual del bon científic cada instant de la seva vida: no deixar mai de fer les preguntes; no rendir-se mai a la duresa de la cosa; fins que...

Una nova mirada baixa de la Gina, directa a terra.

—Sí, sí que en conec un —respon aquest cop. Arrufo el front, sorpresa. I tot seguit—: Ell.

El policia dels ulls macos ens observa des del fons del fossat. Ràpid, salteu!, crida. Llisquem per la gespa i ens deixem caure pel pendent. Ens ajuda a aixecar-nos mentre comprova que no ens ha vist ningú. Amb el cos mig inclinat ens condueix fins a una porta blindada. L'imitem, arronsades com reclutes en una pista d'entrenament amb bales de fogueig solcant l'aire. El mur, sobre nostre, limita el cel.

—A partir d'ara —ordena—, ni una paraula.

Assentim alhora.

—Seguiu-me.

Instruccions simples, fàcils d'obeir.

Què ens havia demanat a canvi de colar-nos dins el mur? La Gina no m'havia respost, però era fàcil d'imaginar. Som estudiants de medicina. Privilegiats amb accés als cossos dels altres, a les fórmules, a la màgia que canvia la manera de veure i viure. Volia drogues.

L'home ens condueix per una trentena de metres de passadissos sense canviar de nivell en cap moment. Corredors armats amb una estructura de bigues corbes d'acer, recoberta de venes i artèries de corrent elèctric i informació. Ens mantenim en silenci. A la fi ens fa entrar dins una sala sense finestres: una filera d'armariets, taula, dues cadires, pica platejada i un prestatge amb un microones. Alumini contra formigó. El nostre amic policia ens mira. Vesteix de negre, amb casc i botes. Tan diferent de com el recordava del tren. Té la metralladora aferrada al pit amb dues corretges, com si carregués un nen de metall, o, ben mirat, l'esquelet ben greixat d'un nen de metall. Somriu. Sí, llunyà, avergonyit... humà? La Gina li lliura el pagament acordat: MDMA, Fentanil, Propofol... Jo m'estic pixant a sobre. La bufeta es buida en moments d'estrès. La preparació del cos per a la lluita i la fugida. Estrenyo les cames. L'home no es molesta a comprovar les píndoles i els vials. Ho entafora tot dins una butxaca de l'armilla i ja està.

Més passadissos. I repeteix: Ni una paraula, No us allunyeu, Silenci absolut... Ens aturem davant de l'ascensor. Ens fa esperar a la cantonada mentre passa una targeta pel pany electrònic. De seguida que les portes s'obren ens dona pressa perquè hi entrem. El mur té dotze plantes. No ho sabia; ara ho sé. Dotze botons numerats al plafó de control de l'ascensor. De la planta menys u, on som, a la número deu.

Els botons s'encenen i s'apaguen. El temps, les plantes, tot passa ràpid. Més corrent elèctric amunt i avall, una vibració profunda. L'home mira el rellotge. La desacceleració de la cabina, un lleuger sotrac. Teniu dos minuts, ens diu. No us entretingueu.

Dos minuts.

Temps perillós.

Les portes s'obren. El cel s'alça sense límits davant nostre. Una pudor de química i terra àcida, com la fetor d'un hort acabat d'adobar però més penetrant, i absolutament repulsiva. L'aire és fred, impregnat, massiu, i la remor de l'exterior s'ha convertit de sobte en un zumzeig greu de motors entrecreuats.

Fins a la vora del mur hi ha unes cinc o sis passes, soc la primera de deixar-m'hi atreure. La Gina em segueix de prop.

L'abisme.

Les cames em fallen. De sobte no puc recordar per què passa això... l'alliberació de l'adrenocorticòtropa, l'hipotàlem, la sang col·lapsada per glucocorticoides, la por. No puc ajuntar bé les peces.

Ja som a la vora. Ho veiem.

La Gina em dona la mà. La noto freda, com de cartró dur, o és la meva, que sembla morta. Pengem juntes del precipici. No sento res, crec. Una sensació tèbia, només això, sense vida. Aire que corre sense objectiu i ens agita els cabells com la brisa calenta dels ventiladors del jardí de la facultat. Els cossos oberts a l'exterior, la ment a mil per hora, la sang que s'accelera. El batec, me'l busco amb la mà que tinc lliure. Sota la camisa, sota els sostenidors, suor... Per què cada cop em sento menys el cor? Ningú no ens mira ara.

—Ho pots...

—No —m'interromp la Gina.

Coneixes algú que hagi vist l'altra banda?

No hi ha res.

Examino, busco els matisos, les ombres, alguna cosa a què aferrar les paraules que sé. El sol brilla sobre l'horitzontal pura dels límits de la visió. Cap desnivell, cap arbre, cap construcció, cap carretera ni fita de cap mena; tan sols una planúria immòbil solcada per unes màquines automàtiques. Són immenses, com edificis, fins i tot més grans: erugues de ferro, arades de vint metres, rodes de goma dura amb solcs on s'hi podria encaixar el cos de dues o tres persones. Són molt més grans del que mai ens havíem arribat a imaginar estudiant els gràfics a l'escola. Forço els ulls. A dotzenes de quilòmetres distingeixo el perfil trèmul d'un altre mur, i més enllà un altre i un altre. I tot d'una ho entenc: les parades del ferrocarril subterrani, el plànol mental de les vies sota terra, travessant l'espai, travessant aquella cosa.

Aquella cosa...

Una immensitat buida i robots de collita. El brogit dels motors. Química fermentada.

Res més.

Deu mil converses

Primer va ser una escalfor a l'esquena. La notava pocs minuts després d'apagar el llum i s'esvaïa amb la primera claror del dia. Més endavant vaig començar a sentir moviments amunt i avall. Va ser quan vaig posar-hi atenció de debò. Fos el que fos, s'acostava pel passadís, a poc a poc, i saltava sobre el llit. Un tacte de potetes de cotó fluix sobre l'edredó; una, dues, tres voltes i acotxar-se. I llavors l'escalfor.

Si us haig de sincer, encara ara no tinc ni idea de com entrava i sortia de casa. Tampoc no sé per què em va escollir a mi. Això no m'ho va voler explicar mai. O no de forma seriosa.

Les seves primeres paraules? Eh, tu, fes-me lloc, que ocupes tot el llit. I vaig obeir. Vaig deixar que em manés sense protestar. Feia setmanes que rebia la seva visita i quan em ficava sota les mantes ja no m'adormia fins que la sentia ben arrambada a mi. Suposo que va ser una cosa natural que la consentís. Estàs bé així?, em vaig atrevir a preguntar. M'havia quedat literalment penjant de la vora del matalàs. Millor, va respondre. Aquesta va ser la primera de les deu mil converses. La conversa número u.

El meu visitant furtiu era una guineu, i aviat la vaig tenir per casa a tota hora, no només a les nits.

—Però com ho fas? —li vaig preguntar un vespre—. He revisat portes i finestres. Com carai entres?

Silenci de guineu. La cua fent una sacsejada.

—M'ho penses explicar o què? —vaig insistir.

—Humans...

Li agradava dir-me humà fent cara de fàstic.

—Humans, què?

—Que si no us expliqueu les coses amb paraules us penseu que no existeixen.

—Ja hi som. —Vaig esbufegar—. No t'hauria d'haver deixat llegir mai l'Alícia.

—No l'he llegit pas.

—Ah, no? I què feies l'altre dia amb el llibre a la mà?

—Res.

—Segur?

—Només tenir el llibre a la mà.

—Doncs és l'últim llibre que et deixo.

Moltes converses acabaven així, de forma absurda i jo estirant-me els cabells i amb ganes d'escanyar-la. Aquesta va ser la conversa número mil tres-centes vint-i-tres. Fins que no vaig passar de les tres mil, crec, sempre vaig caure de quatre potes a les seves trampes. Glups, he dit quatre potes?

Conversa cinc-centes trenta:

—Caure de quatre potes? Ho he sentit bé?

—Sí, perdona, només és una manera de parlar.

—Doncs quina manera de parlar més imbècil que teniu.

—No siguis tan perepunyetes.

—Perepunyetes? Algun dia també et diré què en penso d'aquesta parauleta, però no em vull desviar, ara.

—Va, dispara.

La guineu va remullar-se el musell amb la llengua.

—Fes un esforç d'imaginació —va començar.

—Amb tu tot ho és.

—Perfecte. Doncs imagina dues guineus xerrant sobre les seves coses, que si les pomes d'aquest any són agres, que si marcar el territori amb tres tifes setmanals és suficient i coses per l'estil. Te les estàs imaginant?

—Que sí.

—Ara comenten una ximpleria que va cometre una tercera guineu, i una pren la paraula i diu: La pobra hi va caure de dues potes, li van prendre ben bé el pèl. Què et semblaria, a tu, això? —I com si jo no ho pogués captar a la primera—: De dues potes, eh?

—No m'ofèn pas.

—No he dit que t'hagués d'ofendre.

—Segur?

—Quan he deixat entendre que ho hauria de fer?

—Si dius...

—No ho he dit. Només he fet l'ús correcte de l'expressió perquè els humans la cagueu nou de cada deu vegades. T'ho explicava perquè veiessis què és parlar bé.

Aquest cop em va fer riure i ella se'm va quedar mirant fixament.

—Què? —li vaig preguntar un cop més asserenat.

—Si rius és que has après alguna cosa.

—És que tens raó.

—No ho sabries pas, si tinc raó.

—Ja m'estranyava a mi...

I llavors, en el seu to de veritat inqüestionable:

—Si nou de cada deu vegades la cagueu, la que fa deu, la que encerteu, no sabeu mai quina és.

I així tot. Dia rere dia. I jo em petava de riure amb ella. Moltíssim.

Però no sempre m'estava burxant i prenent el pèl. De fet, la major part del temps el passàvem jugant, i com que el joc se'l prenia molt seriosament, no s'entretenia tant a buscar la manera de fer-me quedar com un tanoca. O almenys no amb paraules. Li agradaven tota mena de jocs. A la play xalava com una boja perseguint coses i disparant. Puà!, puà!, cridava per acompanyar els trets d'escopeta. Ratatatà, panyau, panyau... Ja us en podeu fer una idea. El problema és que si s'excitava massa se li eriçava l'esquena i acabava saltant contra la pantalla. En els darrers quatre anys he canviat el televisor tres cops. Però què fas?, deixa estar la tele! Que què? Vine aquí! Ah! No, no mosseguis! I jo corrent per tota la casa amb ella enganxada al braç com una anaconda, tots dos fets una troca de cops, grunys i renecs. Veus, no estàs tan vell com dius, afirmava després d'haver-nos perseguit una bona estona. Sempre m'ho deia quan acabàvem tirats per terra, a mi fent-me mal tots els ossos i ella traient la llengua de panxa enlaire i les potes cap al sostre.

Un altre dels seus forts eren els jocs de taula, en especial els d'estratègia. A banda de jugar-hi, li encantava ensumar les peces i, amb paraules seves, «fer-me una idea de la seva història». També les rosegava mentre pensava quina jugada fer. I s'hi estava una bona estona, pensant, a vegades.

—Vinga, decideix ja, que m'adormo.

—No em donis pressa.

—Però si...

Va alçar una pota per fer-me callar. Amb l'altra sostenia una peça de fusta amb forma de castell a tocar del morro i no parava de mossegar-la fent un rec-rec agut amb les dents. Estem a la conversa quatre mil trescentes setanta-u.

—Apa, ja està.

Es va decidir per llançar una carta i recollir dos recursos de la banca.

—Però això no era el que havies estat a punt de fer fa cinc minuts?

—No et queixis i juga. Vinga.

—No m'ho puc creure...

El més fotut és que havia fet un bon moviment.

—Escolta —va fer mentre jo meditava la meva jugada—, la majoria de peces de color vermell fan una olor com de fruita... de taronja? Una olor cítrica.

Tenia la peça que havia rosegat gairebé ficada dins del nas i jo me la vaig quedar mirant directe als ulls. Ella va somriure. El típic somriure seu que et deia: Mira que bé, ara t'he tocat, oi?

—Era el color preferit d'una persona amb qui vaig viure —vaig respondre a la fi.

—Ah sí? I ara on és?

Vaig arronsar les espatlles.

—Però on és? —va insistir.

—Si això és una estratègia per distreure'm... —vaig etzibar-li de seguida.

—No ho és. Les guineus som curioses. Mentre mossego les peces m'expliquen coses... o parts de coses.

—Molt bé. Doncs ja ho deus saber tot.

Vaig fer el meu moviment. La guineu va aclucar els ulls mentre observava el tauler. Aquest cop no s'ho va pensar ni tres segons i ja em tornava a tocar.

—Vau viure junts uns quants anys, oi?

—Sí. Deu anys.

—I li agradaven molt les taronges.

—No. En això t'equivoques. Era el sabó que feia servir. Tenia extracte o no sé què de taronja.

—Els humans feu coses ben rares.

—No t'ho pots ni imaginar. I ens dutxem cada dia!

—Ecs!

—Tu no fas sempre la millor olor del món.

—I no hi ha hagut més companyes?

Vaig respirar fondo i me la vaig tornar a mirar una mica irritat.

—Ja sé que saps perfectament que no n'hi ha hagut més, però et seguiré el joc. No, va ser l'última. Arriba un moment a la vida que et fa mandra tornar a començar una relació.

—I on és ara? —va tornar a preguntar.

—No n'estic segur. Crec que es va tornar a casar. Li he perdut la pista.

La guineu va passejar la mirada per la lleixa dels jocs.

—Tenies un amic que li agradava molt el joc dels camells, la Coca-Cola i les galetes de xocolata —va fer, canviant de tema.

—Sí. El Miquel.

—Com en dieu de la cosa que el va matar?

—Càncer.

—És una paraula estranya quan la pronuncies tu.

—Ah, sí?

—Per la pena.

—Suposo. La pena fa estranyes totes les paraules. Fins i tot les més boniques.

I em va guanyar aquella partida. Ja he dit que era boníssima jugant a jocs de taula. De fet era boníssima en tota mena de jocs.

Jugar, xerrar, queixar-se, dormir, fer-me riure i posar el dit a la nafra, aquestes eren algunes de les seves especialitats, però no us enganyo gens si us dic que també em feia molt costat. De fet aconseguia mantenir-me en tensió com mai ningú no ho havia aconseguit abans. A vegades penso que va venir a viure amb mi amb aquesta finalitat. Per mantenir-me despert.

I us costarà de creure, però també m'ajudava en tota mena de coses més prosaiques: estendre la roba, separar la brossa, cuinar... El tema de la brossa era el seu preferit, però a la cuina era una mica caòtica. Això al plat i això coll avall i s'ha acabat!, era la frase que li he sentit dir més vegades, en totes dues tasques. I s'empassava el que fos d'una engolida. Menjava qualsevol cosa sense excepció. També col·laborava en les feines del jardí i la neteja en general. En això no es mostrava tan entusiasta, és clar, però de seguida que notava que em tornava una mica deixat, que m'abandonava i les males herbes, la pols, els plats o el desordre que fos guanyaven terreny, era la primera d'animar-me a posar-m'hi. Una de les coses que feia, i que més gràcia tenia, era arrossegar el tallagespa fins a deixar-lo a plena vista i asseure-s'hi a sobre. S'estava palplantada com un Rommel dalt del seu tanc fins que jo, cansat de veure-la allà, m'aixecava del sofà i sortia a treballar una estona.

—És el nostre territori —afirmava quan em veia venir remugant i amb els guants de jardineria a la mà.

Al vespre fumava cigarretes i bevia com un cosac. I en això tampoc no parava d'insistir. Tota la tossuderia que manifestava per fer-me alçar del sofà o del llit, també la tenia per portar-me directe cap a l'alcoholisme.

—Que no tinc edat per beure d'aquesta manera!

—No et queixis i treu el whisky.

—A aquest pas hauré de tancar la beguda amb pany i clau.

—No ho vols fer, això. T'ho asseguro.

—M'estàs amenaçant? —li vaig dir, enretirant una mica el cap. M'havia apropat el musell a pocs centímetres de la cara.

—T'estic olorant.

—Com?

—T'estic olorant. Només olorant. I...

—I?

—I tranquil, oblida el pany i la clau. Del que et moriràs no té res a veure amb l'alcohol. Ni amb el fum. Tens uns pulmons com dos globus aerostàtics i un fetge de verge.

No recordo gaire bé com es van anar encadenant els esdeveniments a partir d'aquell moment, però aquella nit vam acabar celebrant que tenia un fetge immaculat amb mitja ampolla de whisky escocès. Moltes nits acabaven més o menys així.

Una conversa important va ser la número sis mil dues-centes trenta-nou. A ella no li'n va semblar gens, de rellevant —cap conversa l'hi semblava—, però jo la guardo en un lloc especial.

Estàvem fumant estirats al sofà. Era hivern i el foc de la llar espetegava i omplia el menjador amb una oloreta benigna de fusta cremada i marihuana.

—Escolta una cosa. Per què puc entendre't només a tu? No m'ho has explicat mai. Fa temps que...

—Sabia que acabaries traient el tema.

—De debò? Com ho sabies?

—L'altre dia et vaig veure fent el ridícul intentant parlar amb un pardal.

—Vinga, no et fotis més de mi i explica-m'ho.

La guineu va exhalar un núvol de fum i va deixar la mirada perduda en algun punt del sostre.

—Aquesta pregunta entra dintre del teu *top ten* de males preguntes —va fer tot d'una.

—No siguis així. Sempre evites respondre aquesta mena de coses. No entenc cap altre animal i a tu no t'he vist parlar mai amb ningú més. O almenys no davant meu.

—No ets boig, si és això el que et preocupa.

—No em preocupa. Tan sols vull saber per què.

—Per què no ets boig?

—Ja ho sé, que no soc boig! I si ho soc no em fa ni fred ni calor. Però, per què jo?

A la fi, després d'una nova pipada profunda i generosa:

—Un implant.

Vaig entretancar els ulls. I marcant cada síl·laba:

—Un im-plant?

—Sí.

—Què coi vols dir?

—Que et van posar un implant.

—Vols dir una peça petita de supertecnologia que algú em va col·locar amb una intervenció quirúrgica que curiosament no recordo en absolut?

—Això mateix. L'implant de les Deu Mil Converses.

Aquest cop vaig ser jo qui es va donar uns segons abans de dir res més.

—A veure... —vaig començar llavors—. No va ser precisament ahir que vam veure un capítol de *Star Trek* on explicaven allò del traductor universal? Que podien entendre els alienígenes gràcies a un... A veure si ho recordo... Gràcies a un implant!

—Sí. Crec que va ser ahir. Bon capítol.

—Doncs quina casualitat.

—Què vols que et digui? Tot és atzar, i les casualitats també passen. I si penses que menteixo, que estic tirant de guió de sèrie, si realment creus que t'estic enganyant, llavors...

—Ho sé, ho sé, no cal que m'ho repeteixis.

I a l'uníson:

—És que era una mala pregunta.

—Els humans feu massa preguntes —va afegir de seguida mentre es servia un raig de whisky.

—I els animals en responeu massa poques —vaig replicar jo.

Va alçar la copa en senyal de reconeixement. Jo em vaig limitar a incorporar-me, allargar el braç i llançar un nou tronc al foc. Vam estar una estona en silenci.

—I qui decideix això dels implants? —vaig preguntar, a la fi, sense apartar la vista de les flames. Sempre acabava cedint.

—En teoria ho decideix el Consell del Bosc, però per norma general són els arbres qui tenen l'última paraula.

—És clar, evidentment, quines preguntes de fer, jo.

—No t'ho creus?

—Per què no m'ho hauria de creure? Al cap i a la fi no puc saber si és veritat o no.

—Cada any hi ha una reunió —va continuar ella com si res—. És com una mena de concili, com allò que feien les vostres bruixes abans que les matéssiu, i es prenen tota mena de decisions. També es resolen disputes. Els conills i els cabirols sempre es queixen de tot, les guineus i els gats salvatges proposem apostes i baralles, i els arbres intenten que ningú no prengui mal. Per exemple, l'any que es va decidir posar-te l'implant també es va determinar que durant tota una generació el bosc donaria un cop de mà extra als roures. També es parla amb els estels, i la lluna dona les seves lliçons. Passen coses que tu no entendries.

Jo l'escoltava amb les celles aixecades i un somriure incrèdul dibuixat al rostre.

—I encara no m'has dit per què precisament jo —vaig dir a la fi.

—Cert. No t'ho he dit.

—Ni tampoc m'has dit per què es diu l'implant de les Deu Mil Converses.

La guineu va fer espetegar la llengua i es va agafar la cua.

—Són males preguntes, ja ho saps.

—Soc humà.

—No ho saps prou.

—Però tinc això.

Li vaig ensenyar una llauna de tonyina amb gambetes.

Va tensar la cua.

—Una! —va exclamar.

—Una què?

—Només et respondré una de les dues preguntes. Quina vols?

No sé per què vaig dir que la de les deu mil converses.

I la seva resposta, molt solemne:

—Perquè és el número de converses que tindrem. Ni una més, ni una menys.

La podria haver contradit d'alguna manera, haver-li discutit que allò no era una resposta autèntica, que era una mena de tautologia barata i que m'estava prenent el pèl, però mentre la veia devorar tonyina i gambes, una veueta —la de l'implant, potser?— em va manar que tanqués la boca i que simplement me la quedés observant. Se la veia tan feliç engolint tot el que li donava. Vaig contemplar absort cada una d'aquelles mastegades seves, sempre molt sorolloses, i li vaig fer lloc entre les cames. Vaig deixar passar el temps, a la vora del foc, sentint l'escalfor, la seva, la meva, i la dels troncs que cremaven i crepitaven.

Deu mil converses. I a hores d'ara ja n'havíem superat l'equador.

Podria narrar moltíssimes més d'aquestes deu mil converses. Converses quotidianes, converses estúpides, converses que no duien enlloc i d'altres que et deixaven amb la sensació que eres a tocar d'entendre alguna cosa important que sempre se t'acabava escapant. Hi va haver moltes converses a mig camí entre la filosofia i l'absurd. Algunes eren llargues i enrevessades, d'altres ràpides com el vol d'un ocell que trenca la diagonal d'una finestra. I la guineu sempre hi va saber reaccionar, esmolada, com si tingués les paraules ben a punt, carregades i greixades. Però entre les set mil i vuit mil converses, alguna cosa va començar a canviar. Va ser a poc a poc, subtilment, en un principi ni ho vaig notar, però ella, que sempre havia estat un bòlid, va començar a prendre's el seu temps, cada vegada més. Si fa no fa com jo.

Conversa set mil quatre-centes vint-i-set:

—Vinga, a sopar.

Vaig deixar els plats sobre la tauleta de centre davant del sofà. Ella va arrufar el nas.

—Què passa, ara?

—És que ho poses tot barrejat.

Havia cuinat una mena de revoltim de puré de patata, talls de pernil i tonyina.

—Però si és el que t'agrada més!

—Si ho barreges es mesclen els gustos...

—A mi em sembla boníssim així. —I duent-me la forquilla a la boca—: Sí, boníssim!

Ella va negar amb el cap i va serrar les dents.

—No et quedis així, que es veu que vols dir alguna cosa.

—Quan devores un conill —va començar a explicar en un to reflexiu—, cada òrgan, cada múscul, els ullets i cada volta de budellet, tot té el seu lloc concret, la seva textura. No està tot fet —va mirar el plat—, una mena de massa amorfa.

—Massa amorfa?

—Imagina un fetge, un cor i una poteta de conill fetes una...

—D'acord, d'acord, ja t'entenc. T'ho serviré separat i no se'n parli més. El que sigui perquè la senyora estigui satisfeta.

Ara, amb perspectiva, suposo que aquest afer dels gustos i la massa amorfa va ser com un punt d'inflexió. A partir de llavors em vaig fixar en una sèrie de canvis que s'havien anat produint d'un temps ençà. Ja no endrapava com al principi i es cansava més. A vegades semblava que havia perdut l'interès pel menjar i, de sobte, com si algun ressort dins seu li fes un clic, obria la nevera i engolia tot el que hi trobava, mesclat o no. Després també van aparèixer els vòmits. Més d'un cop la vaig descobrir intentant cobrir-los rascant amb les potes a terra, o amagant-los amb el que tenia a mà: draps, roba, coixins o les meves pròpies sabates. Ella feia com si res, és clar, i no me'n volia parlar de cap manera.

—Segur que et trobes bé?

—De primera.

—No et crec, però si no m'ho vols explicar no hi puc fer res.

Era tard. Érem al llit i vaig deixar el llibre que estava llegint sobre la tauleta.

—A dormir —vaig fer.

Ella va pujar fins al cap del llit i es va enroscar al costat del meu coixí. Vaig apagar el llum. Sentia el seu alè a prop de la cara.

—Podem parlar?

—Tinc son.

—Has perdut la gana i...

—Si em portes al veterinari no t'ho perdonaré mai —em va tallar.

—Però...

—I marxaré.

—No siguis tan tossuda. Si et trobes malament...

—I no em veuràs mai més.

Vaig sospirar.

Minuts més tard, vaig allargar el braç per agafar-li una pota. Vaig notar que contenia la respiració per uns instants; també vaig sentir que de tant en tant s'estremia amb un petit espasme, una cosa mínima, però que em va semblar aterridora. Aquesta va ser la primera vegada que acceptava que dormíssim agafats. Més endavant, a mesura que ens apropàvem a les deu mil converses, va ser ella qui em va començar a buscar quan tot era fosc.

Va passar tota la primavera i no en vam parlar més, del seu estat. Va arribar l'estiu. Semblava que seria un d'aquells estius plujosos. Dels bons.

Va ser un dia de juliol. No feia gaire calor. Feia hores que estàvem estirats al llit amb la finestra oberta i la persiana mig abaixada. A fora corria una brisa que feia xiuxiuejar les fulles dels arbres. Els ocells piulaven invisibles i un rossinyol havia pres el protagonisme des de primera hora de la tarda. M'havia assegut al cap del llit amb l'esquena recolzada contra la paret i ella s'estava sobre la meva falda, amb el cap de costat. En els darrers mesos s'havia aprimat molt i encara em sorprenia el poc que pesava ara. S'havia enxiquit i arrugat com una pansa. Tota ella s'havia fet petita. Jo li parlava i ella em responia només a vegades, sovint només amb un fil de veu, o un gruny.

La conversa deu mil va ser molt curta. No sabia què dir. També tenia por que fos ella qui l'encetés.

—Una vida junts —vaig murmurar.

—I això és la mort —va afegir ella mentre moria.

Agraïments

Gràcies a la Carla per les seves idees i propostes. Per la seva influència silenciosa en cada pàgina que he escrit.

A la Carlota, per dir-me tot el que faig bé i tot el que faig malament. Tot i que no sempre estem d'acord.

A l'Stefan, per les seves revisions i les xerrades sobre el que escrivim, sobre nosaltres i sobre el món que ens ha tocat viure. A la Mariona i el Vicent, per llegir-nos i comentar-nos.

Gràcies a tota la meva família felina, a la seva saviesa, i de nou a la Carla, que m'ha encoratjat des del primer dia i ha sabut acompanyar-me com ho faria el millor gat.

La col·lecció literària A Tot Vent, fundada a Badalona
l'any 1928, té com a logotip, des del primer dia,
aquest gravat al boix del pintor Josep Obiols que recorda
la goleta María Asunta, construïda a la platja
de Badalona el 1858.

Col·lecció A Tot Vent

754 Maite Salord
El país de l'altra riba

755 Sebastià Alzamora
Ràbia

756 Giacomo Leopardi
Cants

757 Blanca Busquets
Constel·lacions

758 Melcior Comes
Tots els mecanismes

759 Ricard Sunyol
Declaració d'invencions

760 Vicenç Villatoro
Tren a Maratea

761 Patrick Modiano
Tinta invisible

762 Jo Nesbø
L'home de la gelosia

763 Jaume Cabré
Llibre de preludis

764 Niklas Natt och Dag
1795. La germandat

765 Sebastià Juan Arbó
Totes les narracions del Delta

766 Carles Casajuana
Kuala Lumpur

767 J. R. R. Tolkien
Contes inacabats de Númenor i la Terra Mitjana

768 Raquel Ricart
El dit de Déu

769 Alice Walker
El color porpra

770 Ramon Solsona
Temps enrere

771 Joan Francesc Mira
Quatre qüestions d'amor

772 Anne Tyler
Trena francesa

773 Francesc Serés
La mentida més bonica

774 Àlex Susanna
El món en suspens

775 Alexandre Dumas
Els tres mosqueters

776 Martí Domínguez
Mater

777 Marta Orriols
La possibilitat de dir-ne casa

778 Pep Coll
La llarga migdiada de Déu

779 E. M. Forster
L'Altre Regne